レダの靴を履いて

塚本邦雄の歌と歩く

尾崎まゆみ

レダの靴を履いて＊もくじ

III

VI

ゆきたくて誰もゆけない夏の野のソーダ・ファウンテンにあるレダの靴

『水葬物語』寄港地

プロローグ

美しい空白——短歌への扉

「ここ」ではない「何処か」へのあこがれは、人の心を揺さぶる最強のもの。「ゆきたくて誰もゆけない」という魅力的なフレーズに出会って私は、立ち入らないでおこうと思っていた短歌への扉を、開いてしまいました。

甘酸っぱい感傷が、心のやわらかな部分を揺さぶる言葉の続きには、なつかしいけれど少し寂しい夏休みの思い出につながるソーダー・ファウンテン（ソーダ水などを売る喫茶店）。たとえば飲みかけのレモンスカッシュを残して連れ去られてしまったレダの靴が、片方。

靴は遠くへ行くために履くものなので、恋人に贈ってはいけないらしいのですが、「レダ」はギリシャ神話の登場人物。白鳥にされて、白鳥に変身していたゼウスに連れ去られ、白鳥のまま卵を生み、卵からヘレネとディオスクロイ兄弟が生まれ、さらにヘレネが原因で……と話は続きます。

「レダ」という神話の登場人物を詠み込むことによって、魅力的な物語への通路が開かれ、誰もいない野原に迷路の入り口が見えてきて、一首の世界にも奥行きが生まれてくるのですが、この歌の最大の魅力は、美しい空白。「燦然と輝く絢爛たる不在」と後年の塚本邦雄なら解説したに違いない空白が、無垢のまま転がっている感じが、心の奥に大切にしまっている「ゆきたくて」も「ゆけなかった」輝かしい場所への切ない思いを揺さぶって、いつまでも色褪せないところにあるような気がします。

だからでしょう「レダの靴」は、夏になるといつも甦り、思い出すたびにその瑞々しさに驚いてしまう。とっておきの歌であり続けています。

この風景の後ろには、戦後の荒涼とした風景があり、ソーダーファウンテンには、オキュパイト・ジャパンも重なるかもしれません。戦後、廃墟は当たり前の風景、からっぽの心が、どこにでも転がっていたのかも知れませんね。

あの震災のあとこの歌は、せつなさをもってより切実に迫ってきました。立ち入り禁止の汚染区域など、行きたいけれど行けない場所が、増えてしまったからでしょう。

君に逢ひにゆく傷つきに海よりの夕風はらむシャツを帆として

『驟雨修辭學』雲母街

I

革命歌作詞家に凭《よ》りかかられてすこしづつ液化してゆくピアノ

『水葬物語』未來史

見えない心を言葉に──魂のレアリスムと句跨り

短歌は、五七五七七の定型詩。その定型に従って読むと
革命歌・作詞家に凭り・かかられて・すこしづつ液化・してゆくピアノ
「語割れ句跨り」という手法によって液化してゆく感じが伝わる歌は「未來史」の最初に置かれています。

『水葬物語』の発行は昭和二十六年（一九五一）八月七日。塚本邦雄の誕生日であり、広島に新型爆弾の落とされた日の翌日の日付け。この歌集に対する作者の強い想いが見えます。

「液化してゆくピアノ」に、ダリのぐにゃりと曲がった時計の絵を重ねる人が多いと思いますが、私はシャガールの青と赤をまとったアルルカン（道化師）のような作詞家がぼんやりピアノによりかかっている様子を想像してしまいます。なぜか青い夜と、朝焼けの赤、漆黒のピアノによりかかる革命家作詞家の衣装も、シャガールの赤か青がふさわしいと思ってしまうのです。ロシアに生まれて、第二次世界大戦中に渡米し、故郷に帰らずフランスに永住したシャガール。彼の故郷と神話への愛によって生まれた、明るくて物悲しい赤と青に彩られた幻想的な絵の底に流れている感情と、歌の底に流れている感情は地下でつながっている。そんな気がしてしかたがないのです。

だから、二年ほど前、シャガールの展覧会に行き、瀬戸内海の見える兵庫県立美術館で貰ったチラシに、「魂のリアリズム」という言葉を見つけたときのよろこびは忘れられません。

私が「魂のレアリスム」*という言葉にはじめてであったのは、塚本邦雄の「ガリヴァーへの献詞」。ひょっとするとチラシを作成した人も、塚本邦雄の著作を読んでいて、私が『水葬物語』にシャガールの絵を見たように、シャガールの絵に『水葬物語』の短歌を見たのかもしれないと思ってうれしくなったのです。

「魂のレアリスム」は、初期塚本のキーワード。「魂」は見えないもの、「レアリスム」は見たまま、この二つが一つになると難しい……のですが「見えない心を言葉に置き換えて描写する」と言い換えると、なんとなくわかったような感じになります。
物事の本質を表現するためには、具体的に今ここに見えているものの表面をリアルに描写すること（細部の真実）も必要だけれど、目に見えない心が見えてこそのリアル。それを表現するためには、想像力が大切ですね。水中のピアノと火の中のピアノ。青と赤の世界で鳴るピアノ！　どちらにもシャガールの色が見えるような気がします。

湖の夜明け、ピアノに水死者のゆびほぐれおちならすレクイエム

『水葬物語』鎮魂曲

ほほゑみに肖てはるかなれ霜月の火事のなかなるピアノ一臺

『感幻樂』羞明

2010. 8. 6

＊「ガリヴァーへの献詩」では「レアリスム」とフランス語読みで表記されている。

少女死するまで炎天の縄跳びのみづからの圓驅けぬけられぬ

『日本人靈歌』死者の死

少女を詠んだ歌――甘くなくて怖い

逃げ水

尾崎まゆみ

残暑のはずなのに、焼けつくような暑さが続く
炎天とはまさに天が燃えているような感じ

こんな日が続くと
アスファルトにその熱が溜まって
表面にゆらゆらと揺れ
水溜りのように見えるのに

近づくと逃げてゆき
永遠に捕まえられない水
「逃げ水」という名前にふさわしい現象がおこり
私の頭の中に「炎天の縄跳びのみづからの圓」を呼び出してしまう

少女が中で縄跳びをしているように
逃げ水はゆらゆらゆれて
逃げ水に触ることができないように
縄跳びの縄の中の少女にも
触ることはできない

縄跳びの縄を回す
少女は縄が描く円の中
縄を跳んで次の円へ
また跳んで次の円へ

途切れることなく縄を跳ぶことはできても
同じ場所にとどまっていて
駆け抜けることはできない

少女が、縄が描く輪の中に閉じ込められて
永遠に跳び続けるように
人は生きるために、死するまで
毎日同じ事を繰り返しいつのまにか
自分自身が無意識のうちに作ってしまった
限界や規制から逃れることはできない

塚本邦雄の少女を詠んだ歌には、慈しむようなまなざしもあるのですが、甘くはない。わらべ歌の「通りゃんせ」、マザーグースの「ハンプティダンプティ」などの世界に限りなく近くなるようです。どちらも子供のためのものですが、かなり非情な内容もあります。私は、北原白秋訳の文庫と、谷川俊太郎訳の絵本と、もう一冊全部で三冊『マザーグース』を持っています。一番気に入っているのは三十二年前に買った『マザーグースのうたがきこえる』ニコラ・ベーリー え、ゆら きみよし やく、ほるぷ出版。ぼろぼろになったのでもう一冊ほしいと思っていたその本をネットで見つけ出し、今日手元に届きました。美しい挿絵に縁取られた、言葉遊び歌や数え歌。マザーグースは、じっくり読むとかなり怖いので、この短歌が、少女の縄跳びをしている絵とともに載っていても、少しも違和感は無いなとページをめくって楽しんでいると、奥付に四十三版とありました。いい本が版を重ねて生き残っているのは、うれしいことです。

日本脱出したし　皇帝ペンギンも皇帝ペンギン飼育係りも

『日本人靈歌』嬉遊曲

突風に生卵割れ、かつてかく撃ちぬかれたる兵士の眼

『日本人靈歌』死者の死

2010. 8. 20

ものがたり
エスキヤルゴオ・かたつむり
エコルス　　　・樹 の 皮
エコオ　　　　・う は さ
エスキヤルパン・舞 踏 靴
エリス　　　　・ら せ ん
エリプス　　　・だ ゑ ん
エスキナンシイ・に扁桃腺炎

『水葬物語』パソ・ドブレ

言葉遊びの復活——エキスを搾り出し掬い取る

八月ももうすぐ終わりなのに毎日暑くて、頭の中も溶けてしまいそうなときにふさわしいのは、短歌の常識を裏切るような短歌かもしれません。

これは短歌です。『水葬物語』の「パソ・ドブレ」と題された場所に、詩の一篇のように載せられている、フランス語と日本語の組み合わせ。読み方は指定されていないので、まず見て楽しみます。

「ものがたり」は、短歌から離れた、しかも自由詩ではない、独自のきらきらとした短歌をつくりだす実験を、杉原一司という得がたい仲間とともにくり返して得られたクリスタロイド（可結晶体）の一粒。見た目の美しさを兼ね備えた新しい秩序の発見を、証明する作品。語呂合わせや、フランスの詩では当たり前の頭韻の影響なども見られます。じつは、そういう言葉遊びは、短歌が和歌と呼ばれていた時代からある伝統的なものだったのですが、しばらく短歌の世界では忘れられていました。言葉遊びの豊かさを復活させたいという思いも、歌の後ろにあるようです。短歌として読む場合は、上段と下段で二首に分けて読みます。

エスキヤルゴオ・エコルス・エコオ・エスキヤルパン・エリス・エリプス・

エスキナンシイ

かたつむり・樹の皮・うはさ・舞踏靴・らせん・だゑん・に扁桃腺炎

分解してみると二つのほぼ三十一音が見えてきます。短歌の基本は三十一音、それを逆手に取ったような実験ですね。作者が注目してほしかったのは、フランス語の頭韻を踏むことによって生まれるリズムのたのしさ。つまり音の生み出す韻律の不思議と、言葉の持つ意味の連なりから生まれる連想ゲームのようなイメージの広がりでしょう。日本語のなかでもっとも注目してほしいのは「に」。言葉を繋ぐ助詞は偉大ですね。ここにある言葉からどんな「ものがたり」を読み取るのかは読者の自由。

短歌は物事を正確に伝えるためにあるのではなく、エキスを搾り出し真実を掬い取るためにある。という塚本邦雄の考え方のもっとも尖った部分に、この歌はあります。私は見て楽しみ、読んで楽しみ、その言葉たちのもたらすイメージとともに楽しんでいます。

表記は、アポリネール『カリグラム』（文字で画を書いた詩集）の影響があるようです。アポリネールは、アルファベットでエッフェル塔などの絵を描きました。

愛撫

ル・コニヤック・ラ・マニフイサンス
エ・ル・シイニユ・ラレニエ・ラ・ミ
ニヨン・エ・レ・シヤムピニヨン・・

きつい酒・華美な品物・白い
鳥・蜘蛛と可愛い女ときのこ

『水葬物語』パソ・ドブレ

椿事

ダンドリヨン・リヨン　・たんぽぽと獅子
ポワソン・コリマソン　・おさかなと蝸牛
フアソン・ギヤルソン　・えんりよ・少年
アルム・ヴアキヤルム　・武器・大さわぎ

『水葬物語』パソ・ドブレ

2010. 8. 28

緑夜、毛蟲のメタモルフォーズ。はたはたと翅とぢておもき哲學辭典

『水葬物語』環状路

哲学辞典「、」と「。」とメリハリ——見立ての技法

緑の美しい夜、毛虫は変身する。はたはたと翅をとぢておもい哲学辞典のような蛹に。

昨日の夕方、黒い胴体に青い筋の入った毛虫が一匹、塀を上っているのを見ました。尺取虫のような動きで一生懸命上っているその姿はかなり目立つていたのですが、夕方なので鳥に食べられることもないかなと思い、余計なことはしないでそのままに、しばらく見学して家に入りました。樟から落ちてしまった青筋揚羽の幼虫なのかもしれません。樹の葉の緑が深い夏の夜には、もう秋が潜んでいるようなので、昨日見た

毛虫もすぐ蛹になり蝶に変身するでしょう。

緑夜、毛虫のメタモルフォーズ。

「、」と「。」でメリハリをつけて、メタモルフォーズ（変身）を入れる。これはほぼ六十年前の短歌です。と注が必要なほど新鮮な歌には、哲学辞典という謎もあります。翅とぢておもき（蝶になるはずの）「蛹」では当たり前なので、蛹を何に置き換えるか考えた末選ばれたのが哲学辞典なのでしょう。

気味の悪い毛虫は蛹となり、翅を持つ美しい蝶になる。つまり人間が人工的に作り出すことはできない生命の神秘に哲学が潜んでいるような。とんでもない言い換えのようでいて納得できる言葉として「哲学辞典」はぴったりです。

「蛹」がいるべき場所に「哲学辞典」を置くとは、三十一音しかない短歌がより多くの意味を伝えるための一つの方法。この方法は斬新なように見えますが、実は和歌の時代からある「見立て」という技法と同じです。

昆蟲は日日にことばや文字を知り辭書から花の名をつづりだす

『水葬物語』寄港地

謎をはらんだ短歌を読み解くとは、言葉のもつ意味を改めて考えること。言葉遊びの楽しさも味わえますね。その上、歌からは、醜いものから美しいものへの変身という、魅力的な物語が立ち上がってきます。『水葬物語』の短歌は、人の心を魅了する物語の基本を意識的に採り入れているようです。ちなみにこの歌の前後には、妻と子供の歌があります。

私は、この歌を読むといつもエリック・カールの傑作絵本『はらぺこ青虫』を思い出します。

貴族らは夕日を　火夫はひるがほを　少女はひとで戀へり。海にて

『水葬物語』鎮魂曲

2010.9.12

卓上に舊約、妻のくちびるはとほい鹹湖の曉《あけ》の睡りを

『水葬物語』環状路

読者への贈り物――省略された動詞がもたらす歌の魅力

今回は緑夜の歌の前に置かれた、妻の歌です。緑夜の前ですからやはり初夏の歌でしょう。そのまま素直に読んでゆくと、「卓上に旧約、」と「、」で二つの部分に区切られ、「くちびる」は「睡りを」に引き寄せられてゆきます。

この歌の魅力は、「を」のあとに省略された動詞を補うことによって、さまざまな表情を見せてくれるところにあります。

当てはめてみたくなるのは、妻のくちびるはとほい鹹湖《かんこ》の暁の睡りを(睡る)、あるいは(欲りす)。どちらをあてはめるかで、歌の表情は微妙にことなります。その微妙さこそ、作者から読者に手渡された贈り物だと私は思います。読む人の心理状態や

おかれた状況によって、歌はその陰影を濃くしたり淡くしたりして読む人の心に入り込む。

ふと目覚めたとき、卓上に置いたままの旧約聖書が、暁の薄明るい空間に浮かんでいる。傍らに聞こえるおだやかな妻の寝息。そこに、鹹湖の暁のような静謐な睡りを思う。

鹹湖とは、塩湖のこと。死海のような、乾燥地帯内陸部の塩分を含んだ湖。聖書物語の舞台でもある死海周辺には、聖書関連の史跡が多いそうです。

死を孕んだ海といわれるのは、塩分が多すぎて本来生命の源であるはずの海に生命が存在しないから。その静かさが妻のおだやかな寝息を保証しているのでしょう。「旧約聖書」には、人の手ではけっして合成できないけれども、妻の胎内では息づくことのできる生命への敬虔な思いを、「鹹湖」には、生と死は表裏一体であることを秘めて、この場所に置かれているのかもしれません。

遠い鹹湖の水のにほひを吸ひよせて裏側のしめりゐる銅版畫

『水葬物語』寄港地

旧約聖書は天地創造の物語からはじまります。中学生の頃、『世界の神話』を読んでいたとき、なぜどの国も、物語は神話からはじまっているのかと不思議に思ったことがありました。しかもほとんどあらすじは同じ、最初に神があらわれて世界と人類を創造するのです。

前回の哲学辞典の歌と今回の妻。二首の入っている「優しき歌」と題された一連は、『水葬物語』の中では異色。歌の背後に妻の妊娠、出産という作者の現実生活が濃厚に感じられます。新しい生命のことを考える若き父と「旧約聖書」と「哲学辞典」。「旧約聖書」は、塚本邦雄が愛する叔父からの贈り物。大切にされていたので、まさに目の前に置かれていたのでしょう。

この鑑賞は季節に寄り添って、と思っていたので順不同に鑑賞しているのですが、「優しき歌」は、順番に読むのが正しいのではないかという思いが、強くなりました。

第三歌集の受胎告知から一首。

ロミオ洋品店春服の青年像下半身なし＊＊＊さらば青春

『日本人靈歌』ANNUNCIATION

2010. 9. 18

ここを過ぎれば人間の街、野あざみのうるはしき棘ひとみにしるす

『水葬物語』環状路

積み重ねられた言葉の魅力——広義の本歌取り

ここを過ぎると人間の住んでいる街に入る、いまここにある野あざみのうつくしい棘を、ひとみに焼き付けて覚えておこう。

こことは野あざみの咲いているところ、人の住む町へとつづく野原を歩いているのかもしれません。野あざみの匂いを含んだ風が心の底にまで吹いてくるので忘れられない。謎めいていて深読みを誘う不思議な歌です。「ここを過ぎれば人間の街」はとくに魅力的ですね。「ここ」は人間のいないところ、たとえばアダムとイブの住んだ楽園。これは、飛躍しすぎかもしれませんがいろいろ考えられます。そんな意味深長

な一節に続くのは、

「野あざみのうるはしき棘ひとみにしるす」

眼がクローズアップされていますね。野あざみの棘を瞳に焼き付けて覚えたから、瞳孔を囲む虹彩には模様があるといいたいのでしょうか。瞳を鏡に映してみると、瞳孔の暗い部分の周りの虹彩には線がいくつも描かれて、花のひらいているようにも見えますね。目を見開いて、よく人間の街を見なさい。というメッセージなのかもしれません。

「ここを過ぎれば人間の街」は本歌取り（他のテキストから言葉を借りてきて、その歌に本歌のイメージを重ねて歌の背景に厚みを与える）だといわれています。もとのテキストは、上田敏訳ダンテの「神曲」地獄篇第三歌の冒頭。ダンテがウェルギリウスに導かれて入ってゆく地獄の門の頂きに記された、

「われ過ぎて、歎《なげき》のまちに……」

からはじまる銘文だそうです。なにも知らなくてもこの歌は楽しめますが、それを知ったとき、この歌がなぜあれほど気にかかったかその謎がとけました。人間の街とは、歎《なげき》のまちだったわけです。

短歌には今まで積み重ねられた言葉の文化が、濃密に閉じ込められていて、それが歌に深みを与え、その深みは、歌の力となって、不思議に伝わるものなのですね。

雉食へばましてしのばゆ再《ま》た娶りあかあかと冬も半裸のピカソ

『緑色研究』革命遠近法

たとえば『万葉集』巻第五・八〇六　山上憶良の遠くにいる子を思う長歌をひとひねりしたピカソの歌はかなりの迫力があります。

瓜食めば　子ども思ほゆ　栗食めば　ましてしぬはゆ　いづくより　来たりしものそ　まなかひにもとなかかりて　安眠し寝さぬ

そういえばこの歌も「〜ば」という条件をしめす初句ではじまっていますね。

2010.9.28

詩歌の魅力——本歌をたどるたのしみ

「ここを過ぎれば人間の街」の本歌取りについて少し書き足しておきます。塚本邦雄の歌論集『先驅的詩歌論』の中に「眼ひらく花——本邦象徴主義の先驅」と題された評論があります。現代詩のすべての源は明治時代の二冊の西欧詩歌翻訳詩集、つまり『於母影』森鷗外翻訳と、『海潮音』上田敏翻訳にあるという内容の論。自作について書いているわけではないのですが、じっくり読んでみるとこの歌の本歌として、上田敏訳ダンテの「神曲」地獄篇第三歌だけではなく、北原白秋『邪宗門』の冒頭、邪宗門扉銘の「ここ過ぎて曲節《メロデア》の悩みのむれに、……」があることが分かります。

われ過ぎて、歎《なげき》きのまちに、

上田敏訳ダンテの「神曲」地獄篇第三歌

ここ過ぎて曲節《メロデア》の悩みのむれに、

北原白秋『邪宗門』

ここを過ぎれば人間の街、野あざみのうるはしき棘ひとみにしるす

塚本邦雄『水葬物語』

並べてみると「ここを過ぎれば人間の街」の背景に、明治の西欧翻訳文学から、北原白秋などの近代詩を経て、現代詩へと向かう詩歌の歴史が、見えてきます。一首の短歌はそのままでも十分楽しめますが、魅力のあるフレーズは、さまざまな人に愛され、本歌として使われて、伝えられてゆくのだなと思うと、楽しいですね。

2010. 10. 2

いたみもて世界の外に佇《た》つわれと紅き逆睫毛《さかまつげ》の曼珠沙華

『感幻樂』鬣

花と眼の歌――鮮烈なイメージ

「ここを過ぎれば人間の街」そう言えば、太宰治の「道化の華」にもありましたね。ところで前回の歌の下句が「野あざみのうるはしき棘ひとみにしるす」と瞳と花の名前をセットで取り上げているように、塚本邦雄には花と眼を題材とした秀歌がまだまだあります。

野あざみの歌が収められた『水葬物語』から時を隔てた第五歌集『感幻樂』に収められた歌。塚本邦雄にとって、花とは眼とおなじものであったのかもしれません。

曼珠沙華の名の由来は、

法華経の「摩可　曼陀羅華　曼珠沙華」

梵語で、赤くやわらかな天界の花　見るものの心を柔軟にする。

天界の花曼珠沙華は、秋の彼岸の頃に咲くので彼岸花ともよばれ、その反り返る花びらと蕊の長さと鋭さから、剃刀花とも天蓋花とも呼ばれ、枯れるときの無残な姿によって、シビトバナという呼び名さえあります。呼び名が多いとは、その花の魅力の証でしょう。

曼珠沙華の花の、葉を持たず、一茎に一輪（実は六片の花びらをもつ花が多数集まって）咲いているように見える姿は、灯火のような、あるいは、赤い血の滴るような。たしかにいたみをもって世界の外側に佇んでいる感じがします。しかも、茎だけが伸びて花は目を開くように反り返り、繊細な蕊は綺麗にカールした睫毛のような。逆睫毛は、睫毛が眼球に向かって生え、瞳に触れて常に痛い状態。

私は初めてこの歌を読んだとき、「いたみもて」を無意識のうちに漢字に変換して「痛みもて」として読んでいたのですが、「いたみ」とひらがなで記されているところがかなり気になりました。

ひらがなで表記されているのですから、この場所には、意味は違うけれど「痛み」という通奏低音はかわらない。

「痛み」

「傷み」

「悼み」

三つの漢字をあてることができます。この歌は「逝ける闘士のためのハバネラ」と題された一連にあるので「悼みもて」と読むのが正しいのかもしれません。悼みという感情をもって佇む我と曼珠沙華。まるで私が曼珠沙華という痛みと傷みと悼みの花を掲げて世界に向かっているようにさえ見えます。

一枚の絵のような鮮烈なイメージと、一首の抱えている静寂の深さが際立っているので、曼珠沙華の咲く頃には必ず思い出す歌です。

そしてこの歌を読むと、みずからの終戦の年の秋の思いとともに、

曼珠沙華のするどき象《かたち》夢にみしうちくだかれて秋ゆきぬべし

『桜』坪野哲久

について熱く語る塚本先生の姿を思い出します。あまりに暑いので、少し咲くのが遅れていたのですが、今年もなんとかお彼岸の頃に咲き始めて満開となり、一年ぶりに会う曼珠沙華はやはり美しいと、見惚れているうちに、すがれてしまいました。

2010. 10. 14

母よりもこひびとよりも簡明で廉《やす》くつくダイジェストを愛す

『水葬物語』未來史

生き生きと甦る日常——世界を知る喜び

『水葬物語』に収められた短歌は、場所も時代も特定されていないどこかにあるはずの世界の物語を語っているのですが、そのどこかにあるはずの世界の纏っている雰囲気は、敗戦直後進駐軍がいた頃の日本（小高賢さんいうところのオキュパイドジャパン）でもあります。といっても、私はその頃まだ生まれていなかったので、どんな雰囲気であったか知らず、断定はできませんが、たとえばこの歌集の、貴族という言葉の多用は、敗戦まで貴族階級があったことを考えれば納得できます。

そういえば太宰治の『斜陽』（一九四七年刊）は没落華族の物語。『水葬物語』は一九五一年刊。ほぼ同時代の雰囲気といえますね。

そしてこの歌には雰囲気だけでなく「ダイジェスト」という当時の生活が生き生きと感じられるものが詠み込まれています。

「ダイジェスト」とはもちろん「あらすじ」。近頃も「あらすじで読む……」シリーズもあるように、短時間で大まかな情報や知識を得る方法。「母よりもこひびとよりも」分かりやすくて、時間も労力もお金もそれほどかからず楽しめるもの。「簡明で廉くつく」ものなのです。

ここに戦後ほどなく（一九四六年）アメリカからやってきた「リーダーズ・ダイジェスト」という古き良きアメリカそのもののような雑誌を当てはめると、当時の日常がより生き生きと甦るのではないか（とはいっても、やはりその頃まだ私は生まれていません）と思います。

敗戦は、作者に苦しみと悲しみをもたらし、そののちに、カルチャーショックをもたらした。今まで知らなかった世界の知識を、まるでスポンジが水を吸うように、日々吸収することに喜びを感じていたのかもしれません。

當方は二十五、銃器ブローカー、祕書求む。——桃色の踵《きびす》の

『水葬物語』寄港地

桃色は色彩喩。物の色で色をあらわすダブルイメージ。作者もまだ若いのでこの歌も、かなりぎらぎらと輝いています。

ジョゼフィヌ・バケル唄へり　掌《てのひら》の火傷に泡を吹くオキシフル

『裝飾樂句《カデンツァ》』裝飾樂句

はつなつのゆふべひたひを光らせて保險屋が遠き死を賣りにくる

『日本人靈歌』死者の死

2010. 10. 25

夕映の圓塔《ドーム》からあとつけて來た少女を見うしなふ環狀路

『水葬物語』環狀路

夕映、歌という迷路——長い時間に閉じ込められて

夕映に美しく輝くドームのところからあとをつけてきた少女を、輪のような（迷路のような）形の道路で見失ってしまった。

『水葬物語』最後の章「環狀路」の最初に置かれた「迷路圖」の中にある歌。言葉のままにこの歌を読むと、こんな感じになります。言葉のままに読むのは単純なようでいて、とくに簡単な言葉ほど案外難しいと実感されている人はかなり多いのではないでしょうか。そう、言葉の意味は一つではないときがあるのです。

たとえば、夕映には二つの意味があります。一つは夕陽のひかりが反射してものが

美しく輝く、あるいは夕焼けの色に世界が染まること。もう一つは夕陽が沈んで、薄暗くなったけれど、まだ闇の世界ではない頃に、ものの色や形が昼よりもくっきりと美しくみえること。特に白いものはこの世のものとは思えないほど美しく妖艶な感じに見えるときがある。

夕映という言葉の持つ二つの意味の、似ているところと、違うところから微妙な意味合いが生まれますね。その微妙な意味合いが、言葉の厄介なところであり、魅力でもあるのですが、夕映の持つ二つの意味を知ると、一首には、夕焼に輝くドームを出た少女の後姿が、薄暗い夕映の時を歩きつづけて夜の闇に吸い込まれてしまうまでの、かなり長い時間が閉じ込められていることに気づきます。だから短歌は面白い。そんな魅力を十分感じさせてくれる歌です。

てのひらの迷路の渦をさまよへるてんたう蟲の背の赤と黒

『水葬物語』環状路

夕映の歌からはじまる「迷路圖」は、歌という迷路の中に読者を誘いこむ秀歌ぞろいの一連です。

2010.11.3

Ⅱ

海底に夜ごとしづかに溶けゐつつあらむ。航空母艦も火夫も

『水葬物語』水葬物語

海底に眠る哀しみ――腰折れという病

秋を通り越して冬になってしまったと思っていたのに昨日は黄砂が……。日替わりメニューのような毎日ですが、いかがおすごしでしょうか。今回は「水葬物語」からの引用です。

海底に沈んでしまった航空母艦は、海水によって腐食し、夜ごと溶けつづけているのだろう。もちろんその船に乗っていた火夫たちも。

火夫は、今ではほとんど死語となってしまった職業を表す言葉。「かふ」と読みボ

イラーなどの火を焚く人のことです。火を焚いて船を動かしていたのでしょう。映画「タイタニック」にそんな場面がありましたね。この歌では航空母艦に乗っていたのですから「兵士」を指す言葉かもしれません。

海水は弱アルカリ性、アルカリは酸と中和して塩になるのだそうです。海底に沈んでいる、飛行機にとっては、いつ帰っても安らげる母のような役割を持っていた船が、海水によって少しずつ、気の遠くなるような長い時間をかけて溶けてゆく。

そんな物語を感じさせる具体的なイメージが、くっきりと浮かびます。事実（昭和二十年代の歌ですので、海底に沈んでしまった航空母艦とは、生々しい事実）をそのまま歌ったようでありながらとても魅力的な歌。その魅力は、歌の中に過ぎてゆく気の遠くなるほどの長い時間と、歌を支える「抑えた激情」にあるのではないかと思います。この歌を読むと痛いほどの哀しみが文体からにじみ出し静かに深く心に沁みてくるのです。

短歌の中の「。」は曲者です。「。」があるのだから「。」で必ず切らなければならないのですが、そうすると隠されている、

五　七　五　七　七

の定型が持つ切れ目がないような、錯覚が生まれます。
定型を意識して読むと、

海底に
夜ごとしづかに
溶けゐつつ
あらむ。航空
母艦も火夫も

「溶けゐつつ　あらむ。航空」と三句目と四句目の間にかなりの屈折が見えてきます。三句目（腰句）と四句目がすんなり続いているような、いないような。短歌では、腰折れという歌の病《やまい》の一つなのですが、塚本邦雄は、それを技法として取り入れ、三句目から四句目へのかなりの屈折によって、激情を押さえこみ、滲み出すゆえに、いつまでも続く哀しみを表現したのです。

まさに逆転の発想。それがいつまでも滅びない力を、短歌に与えたのでしょう。新鮮さを保ちつづけていますね。

2010. 11. 13

乾葡萄のむせるにほひにいらいらと少年は背より抱きしめられぬ

『水葬物語』寄港地

乾葡萄の部屋——匂いの効用

先週浄瑠璃寺の吉祥天女像に会いにゆきました。秋の陽ざしの中やわらかくほほえむかのようなお顔。あでやかでした。

乾し葡萄の醸し出すにおいは、葡萄の香りが凝縮されているのでむせるほど。そのあまりに濃厚な匂いにいらいらしたのだろうか（誰にかはしらないけれど）少年は背中から抱きしめられてしまった。

少女漫画にありそうな趣向の一場面ですが、この歌に心惹かれるのは、少年の背中が目の前にあって手で触れることができるような感じがするから。少年の様子を細かく言葉で説明してはいないのに「背より」という身体の一部分の呼び名によって、短歌の中に身体が立ちあがる。短歌のリアルとはこのような感覚のことだと教えてくれます。

この歌のもう一つの魅力は、読み終わったとき、乾し葡萄の匂いにみたされた部屋にいる少年以外の誰かに、読者である私がなりかわって「背中より抱きしめ」てしまったような、錯覚をもってしまうところ。歌の中に入って、その世界を共有するのは楽しいことです。それは匂いの効能かもしれません。「乾葡萄のむせるにほひ」このフレーズだけで、その匂いに満たされた部屋にいる感覚が、生まれますね。

夕映の圓塔《ドーム》からあとつけて來た少女を見うしなふ環狀路

乾葡萄のむせるにほひにいらいらと少年は背より抱きしめられぬ

以前紹介した少女の歌と並べてみると面白いことに気づきました。

少女は街角で見失い、少年は（部屋の中で）抱きしめられる。少女は影絵のようにあやふやで、少年には身体がある。この違いは、作者はかつて少年だったけれど少女ではなかったという現実からきているのでしょうか。

少年はたかきこずゑに枇杷をすすり失墜の種子つつめる果肉

『星餐圖』星想観

2010. 11. 18

眼を洗ひいくたびか洗ひ視る葦のもの想ふこともなき莖太き

『水葬物語』鎮魂曲

葦は過去からのメッセージ――私の内側を覗く

十一月最後の日となりました、先週から鼻がむずむず。アレルギーかと思っていたら、咳がはじまり、風邪だったようです。咳こむとかなりエネルギーを使うようで疲れます。風邪には気をつけてください。今回は「鎮魂曲」からの一首。

(ものがぼやけて見えるのではっきり見るために)
眼を何回か洗って葦を見ると、
もの思いに耽ることなどないように、茎が太い。

どこかアンニュイな雰囲気が漂うこの歌には静かな時間が流れているようで、とても魅力的。葦はイネ科、川や湖に根を張って、草むらになっていますね。秋には紫色の小さな花が穂となって咲いて、いまごろは枯れかけているはず。その葦のさやさやと風に揺れる時間。

言葉通りに読めばこのような情景がうかぶのですが、葦といえばやはりフランスの哲学者パスカルの著書『パンセ』の「人間は考える葦である」を思い出します。その言葉の意味を要約してみると（かなり荒っぽくなりますが）、

人間は宇宙とくらべてみれば、葦のように意味もなく小さくて弱いけれども、その弱さと小ささとを知っている「考える葦」。だから人間は素晴らしい。

パスカルは物体と精神と愛を秩序の三段階とする思想を説いたのだそうです。「もの想ふこともなき茎太き」葦を人間に置き換えて鑑賞するときは、悩みのないものごとをあまり深く考えない他人とする解釈が、普通なのでしょう。けれど、この歌を読むといつも、顔を洗った後ぼんやりと鏡を見ている私の姿が、見えてきます。

朝目覚めて顔を洗い、鏡の中に映っている私をぼんやり見つめる。そんな私の内側を覗いているような私自身の姿が見えてくるのです。他人のことをいっているようでありながら、私にも返ってくる言葉。だからこの歌は強い印象を残してくれるのでしょう。「葦」に託されたパスカルからのメッセージを読み取ることも、歌を読む楽しみの一つ。

「あし」は「悪し」とつながるのを嫌がって、「よし」は「善し」に繋がるからと、「葦」を「よし」と読む場合もあるのだそうです。

私のなりたい私を書いておくと、願いが叶いやすいといいますからね。そうそう、視るは見えないものにも及びます。たとえば、

暗渠の渦に花揉まれをり識らざればつねに冷えびえと鮮《あたら》しモスクワ

『装飾樂句《カデンツァ》』地の創

おそらくはつひに視《み》ざらむみづからの骨ありて「涙骨《オスラクリマーレ》」

『約翰傳僞書』骨

2010. 11. 30

くりかへし翔べぬ天使に讀みきかす――白葡萄醋酸製法祕傳

『水葬物語』水葬物語

翔べぬ天使――言葉たちが生み出す静謐な雰囲気

繰り返し（まだ、あるいは　もう）飛べない天使に読み聞かせているのは「白葡萄醋酸製法秘伝」。

おさない子供たちに絵本を読み聞かせている静かな時間がうちがわにあるようで、かなり惹かれる歌なのですが、すっきりと爽やかに解釈はできません。白葡萄は白葡萄。醋酸製法は醋酸醗酵のことだとすると、白葡萄からお酢を作る秘伝ということになります。ぶどう酢を熟成させたものがバルサミコ酢だそうです。ということはバルサミコの作り方なのでしょうか。

この解釈以外考えられないけれど、これが正しい読み方かと問われると、不安が残ります。なぜならこの歌の前に、

海底に夜ごとしづかに溶けゐつつあらむ。航空母艦も火夫も

『水葬物語』水葬物語

が置かれているので、「翔べぬ天使」とは海底に航空母艦とともに沈んでしまった人たちのことでもあり、この歌が航空母艦とともに海底に沈んでしまった人々への鎮魂歌のように思えてきます。

海水は弱アルカリ。白ワインもアルコールのなかでは珍しいアルカリ性。海底で白ワインを醸造しているような不思議な雰囲気がうまれます。静謐な雰囲気は伝わってくるけれど、何度読んでも不思議な歌。こういう不思議系の歌の、正しい読み方はないので、ひとり静かにワインでも飲みながら、言葉たちが生み出す複雑な雰囲気をゆっくりと味わいたいものですね。

もうすぐ十二月、神戸はルミナリエの季節です。震災への鎮魂という本来の目的を忘れることなく続いている催しですので、間近まで見に行かなくても、その煌きが神戸にともされていると思うだけで、この季節は心が温かくなります。

2010. 11. 30

隠された物語——新しい短歌のつくり方

それにしても白葡萄醋酸製法秘伝とは、気になる言葉のつなぎ方です。なにしろ作者は新しい時代の新しい短歌を作ろうとした、塚本邦雄。『水葬物語』という言葉の実験室で行われていた「新しい短歌の作り方」なのでしょう。

いくつかの漢字をビーカーの中に入れて混ぜ合わせ、言葉の繫ぎ方を変えると、その言葉たちの持つイメージの重なりによって、見えなかったものが見えてくる。今までの方法では表現できなかったものを、短歌という定型に言葉を入れて表現する。

白葡萄　醋酸　製法　秘伝。すべて漢字なので一つ一つの熟語の意味は明快。一点の曇りもない青空のもとにいるように爽やかなのに「秘伝」が最後にあると、濃い霧の立ち込める言葉の森に迷い込んでしまったような気分になる。

単なる白葡萄酢の作り方ではなく、傷ついたり腐敗しやすい葡萄が菌の力によって、葡萄酢へ変身し、いつまでも腐らないように、どんなことにも傷つかない心のための秘伝かも知れないし、飛べなくなった天使達（亡くなった人々）のことをいつまでも覚えておきなさいということかもしれません。

言葉のつながりのもたらしてくれるイメージによってそこに隠れている物語を探る楽しみ。読む人の生きてきた世界は重なっているようで、それぞれ少しずつ違うので、読む人によって、それぞれの言葉に対して抱いているイメージも、すこしずつ違う。確かにマドロッコシイのですが、言葉のつながりによって生まれる物語を読み取ること、私はかなり好きです。

作者は、新しい時代の新しい短歌を作ろうとした塚本邦雄ですから、短歌を作るための秘伝を言い聞かせているともとれますね。「白葡萄醋酸製法秘伝」この漢字の組み合わせ方の素晴らしさに圧倒されます。他に「微分積分的貯蓄学」という数学嫌いにはアレルギー反応がおきそうな組み合わせもあります。

シャンパンの壜の林のかげで説く微分積分的貯蓄學

『水葬物語』未來史

2010. 12. 12

人間《ひと》に飼はれて春過ぎ、だるい夏がすぎ、闘魚はうすき唇もてり

『水葬物語』寄港地

闘魚――きわだつリアル

昨日は皆既月食でしたね。雨模様で月の欠けてゆく様子は見えなかったのですが、急に暗くなったので驚きました。毎日毎日なし崩しに過ぎてゆく日々ですが、昨日という日は、皆既月食によって印象深い一日となりました。今日は闘魚が主人公の歌。

狭い水槽の中で人間に飼われているたった一匹の闘魚は、毎日餌を与えられ、闘争心を忘れたかのように穏やかに日がな一日優雅に泳いでいるように見える。春が過ぎ、だるい夏が過ぎ、やがて薄い唇を持つようになって、何かを話し始めるかのように唇を開く。

魚には薄い唇のように見えるものが、口の周りにあります。水槽の中で泳いでいる魚が何を思っているのかは、人間には分かりません。けれど、水槽を叩くと泳ぎ方が変わるので、何かを感じていることは確かです。

闘魚は、キノボリウオ科の闘争性が強い魚のことだそうです。キノボリウオ科というのも、かなり興味深いネーミングですね。作者の頭の中にあった闘魚は、タイワンキンギョだったのかもしれません。タイワンキンギョは、関東大震災のあと東京近辺で野生化したといわれる、中国や台湾が原産の魚。本来日本には存在しなかった、青いストライプを持つフナのような淡水魚だそうです。

タイ原産で、キノボリウオ科のベタという、鰭が発達した美しい熱帯魚もいます。雄は、どちらかが死ぬまで戦うほど強い闘争心を持っているので、闘魚と呼ばれていて、ベタを戦わせる競技もあるそうです。鰭がひらひらと複雑な踊りを踊っているように美しいので、戦わせたいのかもしれませんが、人間とは不思議な動物です。

水槽に飼われて一匹だけで優雅に。見方を変えれば、退屈でだるそうに泳いでいる美しい魚の唇（うすき唇がリアル）からプクプクと泡とともに言葉が出てきそうな。

そんな水槽の中の熱帯魚の姿が眼に見えるようです。
何を読み取るかは、読む人のその時時の心情によって変わります。十二月も半ばを過ぎると今年一年を振り返る気分になりますね。夏から『水葬物語』の鑑賞を続けているわけですが、一首一首、何度も全体を読み直しながら、時間をかけて読んでゆくと、物語性とイメージの突出、韻律と言葉の組み合わせ方の斬新さに眼を奪われて、それほどリアルだとは思えなかった『水葬物語』の歌が、かなりリアルに、つまり血肉を持って迫ってくるようになりました。特にこの歌の闘魚は、リアル。

聖母像ばかりならべてある美術館の出口につづく火薬庫

『水葬物語』未來史

戰爭のたびに砂鐵をしたたらす暗き乳房のために禱るも

『水葬物語』鎭魂曲

2010. 12. 22

Ⅲ

園丁は薔薇の沐浴《ゆあみ》のすむまでを蝶につきまとはれつつ待てり

『水葬物語』環状路

言葉の花園の園丁――言葉の錯覚を誘う

あけましておめでとうございます。

新年は終わりの始まり。十二月は去年となり、今年はまだ始まったばかり。どんな年になるのでしょうか、楽しみですね。終わりは始まりということで今日は、『水葬物語』の巻末に置かれた歌を取り上げてみました。

園丁が薔薇に水をやっていると、蝶がひらひらと飛んできて、水遣りが終わるまで離れなかった。

日常的な場面を描写するときに、少し言葉を変えてみると錯覚が生まれて、不思議な世界が見えてくるという楽しさ。

「薔薇の沐浴」——水やりを「沐浴」と言い換えると、薔薇のように美しい女性が現れて、まさに花園ですね。薔薇の沐浴《ゆあみ》。湯浴みとふつう表記するのですが、「湯」は熱いので、沐浴としたのでしょう。そのあたりに言葉に対する鋭い感覚がうかがえます。先ほど「薔薇への水やり」と歌の中の場面を説明しましたが、「水をあげる」のではないかと思われた方もいらっしゃるかもしれませんね。正しい日本語は「水をやる」です。

「目下のものにはやるを使います。だから花に水をやる。あげるは絶対に使いません」と、耳に胼胝《たこ》ができるほど何度も何度も教えてくださったのは塚本邦雄先生でした。

歌集の最初に置かれた『革命歌作詞家』の歌と、歌集の最後に置かれた「園丁」の歌。巻頭と巻末の歌をためしに並べてみると

革命歌作詞家に凭《よ》りかかられてすこしづつ液化してゆくピアノ

『水葬物語』未來史

園丁は薔薇の沐浴のすむまでを蝶につきまとはれつつ待てり

『水葬物語』環状路

一組になっているのではないかと思えるほど、呼応していることに気づきました。ピアノ（韻律）に凭りかかる革命歌作詞家の歌からはじまった『水葬物語』を、薔薇（イメージ）に水を与える園丁の歌で締めくくる。この構成には、作者の意図が匂いますね。『水葬物語』で短歌の革命を宣言したのち、塚本邦雄という言葉の花園の園丁は花園を維持するためにさまざまな栄養を短歌にあたえたのですから。

園丁といえば、塚本邦雄が一九七一年に出版したはじめての散文集『悦樂園園丁辭典』を思い出します。言葉の花園の園丁としての自信に満ちた、素晴らしい本でした。

風媒花ばかり培《そだ》てて生きのびた園丁の掌《て》の圓錐形果

『水葬物語』LES POÈMES DROLATIQUES

2011. 1. 9

氷上の錐揉《きりもみ》少女《をとめ》霧《きら》ひつつ縫合のあと見ゆるたましひ

『星餐図』荔枝篇

錐揉みと少女——二つの単語の組み合せ

冬はアイススケートのシーズン。華麗なスケーティングを見るといつも思い出すのがこの歌です。

スケート靴を履いて

尾崎まゆみ

氷上でスケート靴を履いて
くるくると旋回する少女は
穴を開けるために両手で揉みながら
くるくると回している「錐」

スケート靴の刃に削られた氷の破片がきらきらと散らばり
少女の身につけている衣装はひらひらと翻る
旋回している少女のからだには
衣装の模様や色が交じり合ってできる横縞が見える
その縞はまるで少女のたましいのようで
縫い合わせたあとまでみえる

錐揉少女。つまり「錐揉」と「少女」をくっつけた呼び名にまず惹かれます。とても魅力的な言葉の組み合わせは、塚本が発見したのですが、ものと少女を組み合わせて、その様子を的確に表現する方法は「見立て」といって「万葉集」の時代からあるのだそうです。

旋回していると、人は動いてるのに、同じ場所にいるので、時間が止まっているような感じ。この歌の静かさはそういうところから来ているのでしょう。ほれぼれします。

そういえば、私がもっとも感動したスケーティングは、一九八四年のサラエボオリンピックのアイスダンス。イギリス代表のジェーン・トービルと、クリストファー・ディーンの「ボレロ」です。滑り終わった後会場からため息がもれて、芸術点に満点が、ずらりとならびました。滑っているのではなく、ふたつのたましいが離れないように、たましいのかたちをなぞりながら縫い合わせているような感じ。パッションに心揺さぶられる演技でした。ぜひ検索してみてください。
「たましひ」といえばこの名歌。

馬を洗はば馬のたましひ冱《さ》ゆるまで人戀はば人あやむるこころ

『感幻樂』花曜

2011. 1. 14

ジャン・コクトーに肖《に》たる自轉車乗りが負けある冬の日の競輪終る

『裝飾樂句《カデンツァ》』 聖金曜日

人の名前を詠み込む効果——奥行きが出る

大寒もすぎて寒さも峠を越したような。

今日は第二歌集『裝飾樂句《カデンツァ》』から一首。「ジャン・コクトーに」までの七音が初句です。ジャン・コクトーを配したこの歌を私がはじめてみたのはまだ短歌のことなど何も知らなかった学生時代でした。

ジャン・コクトーに消た自転車乗りが負けて、競輪が終わる。冬の夕暮時という現実が押し寄せてきて、とぼとぼと帰ってゆく人の姿も見える。

だれにでも伝わる情景で、解説がなくても読めて覚えやすい。ほとんど散文のようですが、なぜか忘れられず、この季節に自転車に乗っている人がいると思い出します。

歌は単純に見えますが塚本邦雄の歌の特徴がしっかりあらわれています。たとえば人名を効果的に使うのは、塚本邦雄の得意とする技法。人名にさまざまなイメージを語らせて、歌の世界に奥行きを与えます。たしかに競輪の選手はジャン・コクトーのように痩せていて、必死で自転車を漕ぐ顔は憂いに満ちているようにも見えますね。

ジャン・コクトーは詩人、画家、映画監督……。さまざまな芸術分野で才能を発揮し、カルティエのトリネタリーリングを小指にはめていたなど、その日常生活も伝説にしてしまった人。話題に事欠かないイメージの翼が広がる人名です。

競輪選手ではなく、自転車乗りというスポーツのような肉体労働のような呼び方を選ぶと、言葉がリアルな身体をもって迫ってきますね。さらに負けるという負の感情。それらの要素が絶妙のバランスを保っているので、鋭い眼差しと精悍な横顔が心に残るのでしょう。

もう一つこの歌で見逃してならないのは競輪。つまり当時の風俗が詠まれていること、歌集の後ろのほうに、

競輪場の雨、削《そ》がれたる地の膚《はだ》を砂ながれゆくさま見て徒食

『装飾樂句《カデンツァ》』默示

こんな歌もあります。

『水葬物語』は敗戦後の日本の風景を、具体的にではなく、どこかの国の架空の物語という、変化球で語ろうとした歌集ですが、『装飾樂句《カデンツァ》』の歌は、昭和二十年代後半から三十年代にかけての日本の雰囲気を、かなり具体的に描写しています。

人の名前を詠み込んだ歌を二首。「カフカ忌」は昭和四十年代、「エミール・ガレ」は五十年代。それぞれの時代が見えるようですね。

カフカ忌の無人郵便局灼けて頼信紙のうすみどりの格子

『綠色研究』月蝕對位法

エミール・ガレ群青《ぐんじやう》草花文花瓶《さうくわもんくわびん》欲りすたとへば父を賣りても

『歌人』反・反歌

2011. 1. 25

煤、雪にまじりて降れりわれら生きわれらに似たる子をのこすのみ

『装飾樂句《カデンツァ》』黙示

断念のような怒り――視覚的な切れ目

一月は私の生まれた月。
雪が降る寒い日だったと、母が言っていたのを、思い出します。

煤は雪にまじって降る。私たちは生きて、私たちに似た子を残すだけ。

清浄な雪に汚れた煤が混じる。「きれいなものときたないもの」の冷えた混沌のイメージからはじまるこの歌は、『装飾樂句《カデンツァ》』に通奏低音として流れる断念のような怒りのような心情を、雪に叩きつけるかのように「われらに似たる子をのこすのみ」と

結ばれています。

煤と雪の間の「　」は「、」がないと煤雪という妙な単語になってしまいそうだからでしょう。「煤は雪に」と助詞で繋ぐかわりに、一字あける。「　」には視覚的な切れ目も生まれます。定型にぴったり収まっているので、そのなだらかさをせき止める効果もありますね。

断念のような怒りのような心情を私が理解できたと思ったのは、阪神淡路大震災以降のこと。真ん中に置かれている「われら生き」が、ぐっと大きく見えてきたのです。人間は自然災害の前にはなすすべもない。けれども私たちは生き残っているのだと実感した時に、この歌が胸に響いてきました。そして敗戦後という共通の苦難を乗り越えた「われら」に、この歌が共感をもって迎えられたのだろうということも、わかったような気がしました。

つまりこの短歌が心にそれほど響かない時代は、生命に迫る危機を感じない平穏な時代ということにもなりますね。煤が核になって雪という結晶ができるように、きれいなものと、きたないものは、混沌と交じり合っていて分離できない。

「われらに似たる子をのこすのみ」とは、私達と同じようなことをくりかえす子供を残すことしかできないのだという負の感情ではなく、生きてゆくことも、子供を残す、つまり命を繋いでゆくことも、たいへんなことなのだと分かった上で、あえてわたしたちに似た子供を残す、決意のような意味合いをこめて、放たれた言葉ではないかと思います。

無疵《むきず》なる街やはらかにつつむ雪見つつしづかに湧く怒りあり

『装飾樂句《カデンツァ》』聖金曜日

2011. 1. 28

雪はまひるの眉かざらむにひとが傘さすならわれも傘をささうよ

『感幻樂』花曜

本歌取り――コラージュのような味わい

雪が降るとまひるの眉を飾ってくれるけれど（だから）、人が傘をさすなら私も傘をさそう。

一月はいつのまにか行ってしまいもう二月。二月は、一月とは違って春を孕んだ季節。今年は雪が多いので日本海側の方は大変でしょうね。雪のほとんど降らない神戸にも、牡丹雪が降りはじめました。冬タイヤなど履いていないので、凍ったらスリップが怖くて車に乗れない。困ってしまいます。雪が降るとレミオロメンの「粉雪」と、

空寒み花にまがへて散る雪にすこし春あるここちこそすれ

空が寒いので、花びらのような雪が降る。雪は、かたちが花びらに似ているので、少し春が来たような感じがする。

和歌を思い出します。下句「少し春あるここちこそすれ」（もうすぐ春、期待してもいいですか）と問いかけたのは藤原公任《ふじわらのきんとう》。上句「空寒み花にまがへて散る雪に」（降っているのは花ではなく雪。春、はまだ来ていないので無理です）と答えたのが清少納言。和歌での挨拶というのでしょうか、しゃれています。この話は清少納言の『枕草子』にでてくるのでご存知の方も多いのではないでしょうか。

牡丹雪の柔らかな感触とともに鑑賞したいのは、『装飾樂句《カデンツァ》』の「煤、雪に」から十三年後の、雪。はんなりと艶っぽい初句七音、歌謡の調べをまとっています。この歌には本歌取りが使われていて本歌は「狂言歌謡」四十八番。「末広がり」という狂言にあります。「末広がり」が扇と知らずにお使いに行って、唐傘を買わされ、その付録として教えてもらった小唄。

笠をさすなる春日山、笠をさすなる春日山、是も神の誓とて
人が笠をさすならば我もかさをささうよ、げにもさあり、……

春日山が笠をさしている形なのも神のきめたこと、
人が笠をさすなら私もさそう　そうだよね……

「本歌取り」とは他の歌の一部を持ってきて、短歌の三十一音の中にはめ込む手法。言葉のコラージュとでもいいかえるとわかりやすいかと思います。

山の形に似ているから笠。つまり山という大きなものを、笠という小さなものに置き換えていますね。笠よりもさらに小さな、眉という人の顔の一部をクローズアップすると、「人が笠をさすならば我もかさをささうよ」と、かなりの部分が同じでも、違ったイメージの独創的な歌となります。本歌を知っていると、そのイメージと重ねて二度楽しめるのですが、知らなくても、はんなりと艶っぽい歌謡の雰囲気が漂ってくるところが、いいですね。

2011. 2. 14

死が内部にそだちつつありおもおもと朱欒《うちむらさき》のかがやく晩果

『装飾樂句《カデンツァ》』地の創

朱欒《うちむらさき》の質感――漂う官能

温州蜜柑が冬の主役ですが、そろそろ伊予柑や八朔のおいしい季節。風邪には柑橘類のビタミンが一番ということで文旦の仲間の八朔を食べました。

死が内側に育ちつつあるように果肉は紫。重くて堂々とした、大きな黄色い朱欒。

文旦ってご存知ですか。甘夏より大きくて上品な味わいの柑橘類、グレープフルーツもその仲間です。そして文旦のなかでも、この歌に出てくる朱欒は、高知県で栽培される内側の果肉が薄紫のざぼん、のことだそうです。

朱欒は、食べたことがないのですが、ルビーグレープフルーツを食べたときに、こんな感じなのかなと、思いました。柑橘類は内側も外側も黄色いのが当たり前なのに、ルビーグレープフルーツは、果肉が透明に赤を混ぜた色。

内臓の血の色を思わせて「死が内部にそだちつつ」あるような不思議に官能的な感じがします。普段は忘れているのに、人間は植物や動物の生命を食べて命を繋いでいることを思い出し、生きるとは死への道筋だと思うからでしょう。

柑橘類の内側が紫はかなり不思議なので、そのまま朱欒の別名となり、そのうちむらさきという名前からこの歌はできたのではないかと思うと、歌の成り立ちに触れたようでかなり楽しいですね。

朱欒は外が黄色で内側が紫。黄色は生を思わせて紫は死を思わせる。そういえば時代劇や歌舞伎で、病気になったひとが頭の左側に結ぶ病鉢巻《やまいはちまき》も紫ですね。

晩果は熟れた実のことでしょうが挽歌と同じ音というところにも注目したいですね。

そして一九七〇年代

青春のいまありてなき忘れ霜サキとうちむらさきを愛して

『星餐圖』茘枝篇

うちむらさきへの愛は続いています。

2011. 2. 20

青年の群れに少女らまじりゆき烈風のなかの撓める硝子

『装飾樂句《カデンツァ》』地の創

撓める硝子——感覚を情景に置き換える

昨日は昼過ぎまでは暖かく晴れていて、夜には雨となりました。
春が近づくと思い出すのはこの歌。

青年の群れに少女らまじりゆき
　　とは
烈風のなかの撓める硝子（のようだ）

鮮やかな二つの情景の重なりが魅力的です。青年の歩いている群れの中に（進行方向から歩いてきた）少女らが混じってゆく、どこで、どのようにという具体的な情景は分かりません。けれど、異質なものが混じってゆくときのあやうさと緊張感が、感じられますね。

烈風に撓《たわ》む硝子とは、強い風に吹かれて今にも割れてしまいそうに震えている硝子。ということはわかるのですが、どこにある硝子なのか、限定されてはいません。なにも具体的には限定されていないので、「烈風」が「青年」。「撓める硝子」は「少女」と読むこともできます。なぜならこの烈風に撓む硝子は、心象風景のようなもの。情景を描写しているだけでなく、ひりひりとした危うさと緊張感をあらわすための、つまり、感覚を情景に置き換える比喩でもあるからです。

「烈風」と「硝子」。青年の群れの野生的な部分と、少女の中の繊細さと鋭さが強調されて、危うさとはりつめた緊張感は、いよいよ際立ちます。

感覚を情景に置き換える比喩というと、かなり難しそうに見えますが、映画などで、緊迫した場面の背景が嵐であったりすることと同じ。青年と少女ですから、未来への不安なども滲み出てきます。

時代にも、異質なものが混じるときの危うさと緊張感が、時折走ります。この春も、ベルリンの壁崩壊以来の大きな転換期のように見えます。季節の変わり目も、異質なものが混じるとき。冬の寒さと春の暖かさが交互に訪れて、やがて本格的な春になるのでしょう。

この歌は前回の、

死が内部にそだちつつありおもおもと朱欒《うちむらさき》のかがやく晩果

『装飾樂句《カデンツァ》』地の創

の次に置かれています。

二首続けて読むとまた微妙に違う味わいが生まれますね。

2011. 2. 28

きさらぎは世界硝子の籠《こ》のごとし戀人が藍のかはごろも脱ぐ

『閑雅空間』火と風の主題

世界は硝子の籠――春の光のように美しい

新暦ではもう三月九日ですが、旧暦ではまだ二月五日。きさらぎとは旧暦の二月なので、ちょうど今頃の世界の様子です。

きさらぎは、世界がこわれやすい硝子でできた籠のように煌めいている、

恋人が藍色の毛皮の上着を脱ぐ。

「世界硝子の籠のごとし」にまず惹かれます。そして「きさらぎ」という繊細な言葉には、硝子がふさわしいと納得してしまいますね。如月は生更ぎ、草木が甦る月。草

木が甦るためにひかりが用意されているのでしょう。きさらぎはひかりそのものの美しさに出会う季節だと、わたしは思います。

きらきらと光る硝子の籠のように美しい世界のなかで、草木は再生する。恋人も藍色の毛皮を脱いで、再び甦るのかもしれません。藍は愛につながるので恋人が藍という一字に、愛の重さを託して愛を脱ぎ捨てるとも読めますね。

ひかりの春という言葉があります。まだ暖かい春ではないのだけれど、ひかりは春の光のように明るく美しい。寒さが続くと早く春になってほしいと思うのですが、こういう歌を知ると、この季節もなかなか素晴らしいと思えてきます。硝子のきらきら感は、詩心を魅了しますね。

光こそ永遠《とは》に崩れて星屑に奪はれてゐるたましひのこと

尾崎まゆみ『酸っぱい月』

硝子は壊れやすい。
世界も壊れやすい。

2011.3.9

Ⅳ

『歌人』反・反歌

晝星の毫毛《がうまう》のきずあらはれて硝子板ふはりと倒れたり

世界の毀れた後——異次元の世界の中を

昼星のようにキラッと光るほそい傷があらわれて、

硝子板はふわりと倒れてしまった。

時間はいつも容赦なく流れてゆくものですが、その流れが遅いときと早いときがあります。どうしようもない思いに捉えられていた日々は、刻々状況が変わりながらもその流れは遅く、過ぎてしまえば、二週間前とはまったく違う世界に出てしまったことに気付く。

私はあの日たまたま富士山のふもとであの地震に出遭いました。

晴れているのに、頂上が雲に隠れてみえない富士山を眺めながら、御殿場についたところでした。

震源地から離れていたのに　かなりの揺れ。目的地の箱根のホテルのロビーに入るなり、あの津波の映像。阪神淡路大震災を経験しているのですが、それ以上の自然の脅威が淡々と流れる画面を、余震を感じながらやりきれない思いで、ぼんやりと見ていました。

帰りは裾野市へ回って、車を走らせていたら原発から白い煙がでているというラジオの声。なにかとんでもないことが起ってしまったらしいのに、冠雪の清浄な雰囲気を湛えた富士山。祈りとはこのようなものなのかも知れないと思うほど、静謐な空気に磨かれた異次元のような風景のなかを、走り続けました。


世界から傷つき帰る黄昏がだきしめてゐる椅子の空白

尾崎まゆみ『酸つぱい月』

2011.3.24

愛戀を絶つは水断つより淡きくるしみかその夜より快晴

『星餐圖』星想観

身体的苦しさと心理的苦しさ――具体的にあらわす手法

愛恋。つまり人への執着を断つことは苦しいのだけれど、水を断つという生死にかかわる身体の苦しみよりは、淡いものかもしれない。そんな思いにたどり着いた夜から、心模様にも晴れた空が続く。

箴言のようなこの歌は、悲しいとき、苦しいときに、私を励ましてくれます。「愛恋を絶つ」と「水断つ」。「水断つ」のほうが苦しいに決まっているのですが、心理的な苦しみは、どちらが苦しいかを考えているうちに、淡くなるような気がします。

心理的な苦しみが、身体的な苦しみをしのぐ時もあるけれど、時間がたつにつれて釣り合って、そののち身体的な苦しみが優るようになる。すると心理的な苦しみは、快方に向かい、乗り越えられるのかもしれないと、思うからです。

たとえばあまりの悲しさに、おいしいとは思えないままに食べていた食事が突然おいしく感じられることが、ありますよね。こんなに苦しいのにおいしいと思うなんてという、あの複雑な感じ。

言葉で描写することが難しい愛恋を絶つ「心理的苦しさ」を、水を断つ行為から生れる生命にかかわる「身体的苦しさ」と比較して、それよりは淡いと心の「苦しみ」の程度を伝える。感情を、具体的な身体感覚によって推しはかる、という手法。

「その夜より快晴」という状態に早くなりますようにと、祈る想いの続く今日この頃です。

『星餐圖』は一九七一年刊、歌壇から姿を消した岡井隆と、自裁した三島由紀夫に献じた歌集（つまり別れが主題）と跋に記されています。

2011.3.29

水道管埋めし地の創なまなまと續けりわれの部屋の下まで

『装飾樂句《カデンツァ》』地の創

地球の創――傷つくことによってはじまる何か

地震からもう一ヵ月以上もすぎてしまいました。桜は満開から散りそめへ向かいましたが、余震も絶えませんね。
今年神戸の桜は、阪神大震災の後でみた桜と同じ。魂を鎮めるかのように、春風に弄られながらしらしらと咲いています。

水道管を地中に埋める作業によって傷つけられた地面の創は、
私の部屋の下まで。水道管の上にかぶせた生々しい土の盛り上がりが続く。

水道管、ガス管、下水管。『装飾樂句《カデンツァ》』の作品が創られた昭和三十年前後の日本は、ライフラインが整備されはじめたころ。

水道管が我が家に引かれたという、日常生活の中の記念日となるような出来事は、水を井戸から汲む手間を省いて、蛇口を捻れば水が出てくる便利で夢のような生活を運んできてくれました。もちろん喜ぶべきことなのだけれど、土地に、つまり地球に創をつけることでもある。

発想が深いところに届いていて、情景はリアル。地面が、地球という生き物の膚のようになまなまと迫ってくる印象深い作品だったのですが、すこしデフォルメしすぎではないか、とも思っていました。

三月十一日のあと、改めてこの作品に接したときはじめて、作者の思いをしっかりと受け止められたような気がしました。私たちはこういう気持ち。つまり「便利な生活は、自然を創つけて得られたものである」ことを忘れて、不満ばかりを思い生活していたのかもしれませんね。阪神淡路大震災の後、蛇口から水があふれ出て、思う存分手を洗えたときの喜びは、十五年以上たったいまでも古びていません。もちろん時々しか思い出さなかったのですが……。

貧しさのなかにも希望があった昭和三十年代。作者は、すでに便利で近代的な生活は自然破壊につながることを、自覚していたのでしょう。

ところで「創」は、刀で傷つくことと、なにかをはじめること。二つの意味を持っています。傷つくことによってはじまるものがある。ということなのでしょうか。

屋上の獸園より地下酒場まで黒き水道管つらぬけり　『装飾樂句《カデンツァ》』向日葵群島

はつなつと夏とのあはひ韻律のごとく檸檬の創現《あ》るるかな

『水銀傳說』香料群島

この作品には「続く」「つながる」というキーワードもあります。がそれはまたいつか別の機会に。

2011. 4. 18

鬱《う》金《こん》櫻《ざくら》蘂蒼《くら》みつつ散るなべに遺響のごとき春なりにけり

『透明文法』蜉蝣紀

鬱金桜「散るなべに」――生き残ったもののかなしみ

鬱金桜の花びらが散るにつれて、蕊が見えてきて花の明るさから、すこし青みを帯びた蕊の暗さへ変わる。そのようすは、死者たちから託されて、遺された響きのような春そのもの。

鬱金桜は、染井吉野のあとに咲く八重桜の一種。今頃咲いて少し重たそうに枝ごと揺れているあの桜です。夕暮れ時に見ると、ぽってりと豪華、現実のものとは思えないけれど、はかなくて神秘的な染井吉野よりも現実に近い派手な美しさと妖しさがあります。

桜の美しさと妖しさといえば、桜の信じられないほどの美しさにいだく不安が描かれている、梶井基次郎の小説「桜の樹の下には」を思い出します。

ただの桜ではなく鬱金桜。名前は鬱金色を思わせる黄味を帯びた花の色から名付けられたようですが、咲き始めはうすいピンクにも見えます。鬱という漢字は視覚を刺激して、不安を生みだしますね。

「なべに」はあまり馴染みのない言葉。万葉集のころからある接続助詞「なへ」に格助詞「に」のついたもの。「散るなへに」は「散るにつれて」という意味になるそうです。「遺響」とは後世に残る教え。「遺された響きのような春」とはまさに、今年の春のような日日ですね。


いやはてに鬱金《うこん》ざくらのかなしみのちりそめぬれば五月はきたる

北原白秋『桐の花』

鬱金桜といえば、北原白秋の秀歌を思い出します。遠くの華やかな桜にかなしみが見える。そのかなしみが散りはじめたころに五月がやってくる。白秋の歌の後ろには、「かなしみのちりそめ」つまり死へむかういのちのかなしみの満ち溢れる五月が見えます。

塚本邦雄の歌には、かなしみが散るとは言い切ってしまえない遺された響きがあり、その響きの背景には、生き残ったもののかなしみが、ひたひたとあります。

鬱金櫻濡れしがままに散りゆくと遺響のごとき春なりにけり

塚本邦雄『初學歷然』

元の短歌は昭和二十一年六月に発表されて、『初學歷然』におさめられている敗戦の次の年の情景です。

鑑賞をはじめた去年の夏には、この歌を取り上げる予定はありませんでした。なぜならこの「遺響のごとき春」の歌が、私に心の底から理解できるとは思えなかったから。短歌に詠まれた事柄ではなく心は、活字のなかに潜んでいて、見つけられるのを待っているのかもしれませんね。

2011. 5. 4

復活祭《イースター》まづ男の死より始まるといもうとが完膚なきまで粧《けは》ふ

『緑色研究』不定冠詞

完膚なきまで——言葉の魔法

復活祭は男の死からはじまると、いもうとが完璧に化粧をする。

復活祭は、イエス・キリストの復活を祝う日。春分の後の最初の満月の次の日曜日。不思議な決めかたをされているので毎年違う日らしく、今年は四月二十四日日曜日だったようです。復活祭は、甦りを祝うもの。常識でいえばありえない不思議な祭にふさわしい決め方なのかもしれません。

この歌の味わいは「完膚なきまで化粧ふ」に、凝縮されているのではないかと思います。復活祭は死が前提。次に行われる弔いのため鏡の前で一心に、誰にも表情を読み取られることのないよう、徹底的に化粧をする妹の姿が、映画のワンシーンのように浮かび上がってきます。

それが「完膚なきまで」という言葉のかけた魔法、普段使わない言葉だからその魔力が強いのかもしれません。「完膚なきまで」は「徹底的に」。死から始まる復活祭のために完膚なきまでに（薄い傷跡やシミも見えないくらい徹底的に）化粧を施す妹は、自然（素肌）を人工的（化粧）に制御してるように見えるからでしょうか。

完璧に化粧をするといっているだけなのに、化粧への執着は、美への執着とすり替わって、その美への執心は恐いくらい強い。復活祭ですから、西洋の美意識の堅牢さの比喩としても良いかもしれません。妹のあどけない怖さがじんわり滲みます。妹は、聖書物語的には、マグダラのマリアでしょう。

そういえば、文学者にとって妹は不思議な存在らしく。ランボーと妹、正岡子規と妹。宮沢賢治と妹などいろいろ浮かんできます。

塚本邦雄には、妹は存在しないのですが、夫人の姿と重なる歌（この歌の妹は少し違います）が多いような気がします。化粧をするとは、素顔を隠して、他のものに成りかわること、アイシャドーの色を変えるだけでも気分は変わりますね。

私は、とりあえず真言宗ですが、なぜかプロテスタント系の幼稚園に通っていたので、復活祭の日は礼拝。賛美歌を歌って色の付いたゆで卵をもらえるのでうれしかったのを覚えています。幼稚園は日曜日が登園日。月曜日はお休みでした。

復活祭が終ると完璧な春。春は冬の間枯れていたように見えた植物が、復活する季節です。

塚本邦雄は、クリスチャンではなかったようですが、文学作品として聖書を読み、短歌の題材としてよく用いています。

『水銀傳説』のランボーとヴェルレーヌ。キリストなどを主題に据えた歌は、西洋の精神基盤を短歌に取り入れようとする試みであり、それが完結したのが、『綠色研究』という堅牢な城だったのかもしれません。

一穂《いっすい》の錐買ひしかばかたへなる一莖《いっけい》のやはらかき妹

『綠色研究』致死量

2011.5.4

五月來る硝子のかなた森閑と嬰兒みなころされたるみどり

『綠色研究』綠色研究

若葉を嬰児と重ねる――生と死は背中合せ

花水木も散って、五月は若葉の季節。生まれたての新芽は、赤ん坊のようにやわらかですね。室内からガラス窓越しに、あるいはガラス張りのビルからみえる樹は、四月のあの春がきたのを喜ぶ花盛りの明るさを手放して、生命の芽吹きのような若葉に覆われてゆきます。

さみどりの若葉は、美しいのですが、そのいのちの芽吹きが多すぎて、鮮やか過ぎて、息苦しくなることがありますね。

昼下がりの静かさの中に揺れる若葉たちは、真夜中の暗闇にも、見えないけれどいるはずの若葉。昼にはみんな光合成という息をしている！

「嬰児みなころされたるみどり」――生と死は背中合わせ、だから若葉の芽吹きを思うことは、死を思うこと。生命力を湛えたみどりに満たされた世界は、未来の死を湛えた世界であるともいえますね。

「森閑」は、怖いほどの静かさ。

嬰児は、「えいじ」とも「みどりご」とも読めます。「えいじ」と読んだとき、若葉は夜の顔。植物の過剰な生命力の猛々しさがうまれ、「みどりご」と読むと昼の顔。いのちの歓びとはかなさが生まれます。日本最古の法律、大宝律令で「みどりご」は三歳以下の子供の呼び名として記されているそうです。

どのように読むかは、その時の気分しだい。たった三十一音の短歌に二つの顔があると、教えてくれますが、「みどりご」は古人の思いが託されている呼び名。短歌の後ろには聖書の「マタイによる福音書」のヘロデ王の物語があるといわれています。

薔薇、胎児、慾望その他幽閉しことごとく夜の塀そびえたつ

『緑色研究』新・残酷物語

2011. 5. 13

いもうとはつきくさの血につながるときのふ知りたること今朝おぼろ

『感幻樂』羞明

「と」はあいまいな接続詞——解釈が変わる

私は、いもうとが鴨跖草《つきくさ》の血に繋がっていると、昨日知った（のだけれど）、今朝になるとはっきりとは覚えていない。

と、主語は「私」で読み解いてしまうのですが……。

いもうとは、つきくさ（月草、鴨跖草）つまり露草の血筋につながっているので、昨日知ったことは、今朝になると「露草で染めた縹《はなだ》色が褪せやすいように」はっきり覚えていない。

「妹」を主語に、露草という植物の持つ性質を補って読んでみると、このような感じにもなります。同じ歌なのに解釈が少し違うような、でも、伝えたいのは「きのふ知りたること今朝おぼろ」だという事は同じ。

やさしい歌なので「ということを私は昨日知った」と無意識のうちに「私」を補って読んでしまうのですが、この歌の上句と下句を繋いでいる「と」は曲者。逆接と仮定と当然をあらわす、かなりあいまいな接続詞です。

せしうむをうちがはに閉ぢこめたから露草の藍色が汗ばむ

尾崎まゆみ『奇麗な指』

塚本邦雄のいもうとは鴨跖草のイメージ。薔薇でも牡丹でも芍薬でもない、小さいけれど、縹色は清らか。けなげでかわいい花なのですが、遺伝子が単純なので、放射能の影響を受けやすく、放射能の雨が降ると、花が赤みを帯びるので露草は放射能検知器としても使えるのだそうです。

今、隣の家の庭に露草が咲いているので、雨の次の日は赤くなっていないかどうか、確認してしまいます。

向日葵の種を播いてセシウムを取り除く実験がはじまったようです。植物もいのち在るもの、セシウムを取り入れるときどんな感じなのでしょうか、気になります。

愛は生くるかぎりの罰と夕映えのわれのふとももまで罌粟の丈

『感幻樂』幻視繪雙六

2011. 5. 29

鐵鉢に百の櫻桃《あうたう》ちらばれりあそびせむとやひとうまれけむ

『天變の書』麒麟玲瓏

それぞれの人生――百あれば百の方向

火曜日にＪＲ神戸線住吉駅に行きました。三ヵ月に一度、駅から国道方面に抜ける通路に、素足に草鞋、黒装束、笠を目深に被り、女性ではないかと思うほど小柄な修行僧の姿。不動の姿勢で、鐵鉢を胸の高さに両手で捧げもち、お経を唱えつづけ、托鉢をされていました。

講座を終えて二時間後に通ると、まだ二時間前と同じ場所に同じ姿勢で立っていらっしゃいます。その真摯な修行僧の雰囲気に圧倒されてしまい、鉄鉢の歌を思い出しました。

鉄鉢にさくらんぼが百個（いっぱい）散らばっていて、それぞれの軸がいろいろな方向を向いて遊んでいるように見える、遊ぶために人は生まれてきたのだろうか。

（百には数多く、という意味もあります）

鉄鉢にサクランボが百個入るわけはないのに、全然気にならなかったのは、サクランボが遊んでいる子供のようで、鉄鉢は地面のような感じがするからかも知れませんね。人は何をするために生まれたのか。だれにとっても切実な問いですが、それを絵画的に、鉄鉢の黒の上に桜桃の赤を散らして、明るい場面に仕立て上げたところにひかれます。

「ひとうまれけむ」には悲哀が含まれているようなのに黒い鉄鉢と、さくらんぼ、色彩がくっきりとして綺麗なのでビジュアルも楽しめますが、実は鉄鉢には二つの意味があります。僧が托鉢に使う金属性の鉢と、鉄兜。さくらんぼが百個もお布施として鉢に散らばっているのは嬉しいのですが、「鉄兜」つまり頭を弓矢や刀などから保護する道具に、赤い桜桃が転がっていると血のようで、不穏な感じも生まれます。

「あそびせむとやひとうまれけむ」は今様を集めた『梁塵秘抄』三五九番の一部。

遊びをせんとや生まれけむ、戯れせんとや生まれけむ、遊ぶ子供の声聞けば、
我が身さへこそ動《ゆる》がるれ

遊ぶために生まれてきたのだろうか、戯れるために生まれたのだろうか、これからいろいろな人生が待っているはずの子供が無邪気に遊ぶ声を聴いていると、わが身を省みて涙がでる。白拍子（男装の麗人）が舞いながら歌う今様（流行歌）は艶っぽい調べをもち、さらには真理も垣間見えるようで『梁塵秘妙』の編著、後白河法皇のお気に入りでした。

昨日六月九日は、塚本邦雄先生の七回目の命日でした。

豪雨來るはじめ百粒はるかなるわかもののかしはでのごとしも

『閑雅空間』現代閑吟集

2011. 6. 10

柿の花それ以後の空うるみつつ人よ遊星は炎えてゐるか

『森曜集』

歌の解釈二割は読者に——代表的な作り方

六月になって柿の花が咲いた、そのあとの空は湿り気をおびて潤んだような梅雨空。ああ人間よ遊星は燃えているのだろうか（私達の棲む地球は、太陽という位置を変えないで自分の力で光る恒星の周りをめぐっているので、その光を反射しているだけ。本来は燃えないのだけれど）。

六月に柿の花が咲くと梅雨がはじまり、水をたっぷり含んだ雨雲で空が潤んでいるように見えるという状況と、「遊星は炎えてゐるか」はしっかりと伝わる。けれど背景の細かいところは不明。この歌は、八割完成させてあとの二割は読者に任せる、難解といわれがちな歌の、代表的なつくり方で出来ているのではないかと思います。

背景が見えない歌の魅力は、読む人の状況に合わせて、その歌の心を味わうことができるところにありますね。たとえば「それ以後の空」の「それ」に三月十一日を当てはめたくなる今年（二〇一一年）は、この歌がとても身近に感じられます。

そして「人よ遊星は炎えてゐるか」。まるで、宇宙飛行士に地球の様子を聞いているかのような錯覚も生まれる呼びかけの魅力。

「地球は青かった」

「このあたりに神はいない」

などという人類最初の宇宙飛行士ガガーリンの有名な答えが聞こえてきそうです。

一九六六年に公開されたルネ・クレマン監督の「パリは燃えているか」を連想してしまう人もいます。年代によって読み取り方が違うのも短歌の読みの楽しさだと、私は思います。

柿の花は、六月に咲く小さく目立たない白い花。遊星は有性と音がおなじ。有性は性の区別があるという意味なので柿の木が置かれたのかもしれませんね。雄花と雌花を一本の木に持っている柿の木は、一本の樹で子孫を増やすことができる閉じられた世界でもあります。太陽系も銀河系も閉じられた世界。

さくらばな陽に泡立つを目守《まも》りゐるこの冥き遊星に人と生れて

山中智恵子『みずかありなむ』

柿の花それ以後の空うるみつつ人よ遊星は炎えてゐるか

塚本邦雄『森曜集』

私の中でこの二首はセットになってしまっていて、柿の花の歌を読むとさくら花の歌を思い出します。桜の花は艶やかに咲いて散り、小さな赤い実を残す。柿は目立たない花が咲いて秋の実りの朱色が、人々を魅了し、美味しくもある。桜咲く頃は、遊星のうちがわを泡立てるような春の華やぎを見つめ、柿の花の咲く頃は遊星を外から眺めるという感じ。そういえば明日は夏至。昼と夜のつりあいが揺らぐ日ですね。

夏至はこころの重心ゆらぐ「わたつみのいろこの宮」の切手舌の上へ

『歌人』今日こそ和歌

2011. 6. 21

夏至の夜の孔雀瞑《つむ》れる孔雀園くれなゐの音樂は歇《や》みたり

『星餐圖』星想觀

くれなゐの音楽――想像力の翼広げて

夏至の夜、孔雀がねむっている孔雀園に流れていたくれないの音楽は歇《や》み、夜の静寂は深くなる。

今年の夏至は六月二十二日でした。夏至の夜はいつも蒸し暑くていらいらと不穏な空気が流れているような気がします。そこに孔雀が美しい羽を閉じて眠っている。この情景に流れているくれなゐの音楽とはどんな音楽なのでしょうか。分からないから気にかかり、想像力の翼がひろがります。

パッションを感じるショパンのスケルツォ第二番変ロ短調などが相応しいような。

といってもクラシックではなく私が高校生の時、ジャズ喫茶で聞いていたオイゲン・キケロのジャズバージョン。LPに針を落としていたあの頃。この歌が、懐かしい七〇年代の雰囲気を運んできてくれるからでしょう。

『星餐圖』は、塚本邦雄の歌集のなかで最も完成度の高い韻律と技巧によって編まれているのですが、現実の影も濃い歌集。

『緑色研究』『感幻樂』よりも三島文学の影が木洩れ日のようにゆれている『星餐圖』。なかでもこの歌の孔雀は、美学そのもののようなたたずまい。三句切れと句跨がりをもちいながらも初句から結句までたおやかに流れる韻律も、音楽そのものなのです。

三島由紀夫に『孔雀』という短編があり、昭和四十年に発表されています。美少年のなれのはての男性が主人公の、殺されてしまったインド孔雀を巡る物語。

孔雀はその華やかな羽をひらめかせて近代詩にも登場しています。伊良子清白『孔雀船』に収められている「夏日孔雀賦《かじつくじゃくのふ》」のなかには、次の一節もあります。

時《とき》は滅《ほろ》びよ日《ひ》は逝《ゆ》けよ
形《かたち》は消《き》えよ世《よ》は失《う》せよ
其處《そこ》に殘《のこ》れるものありて
限《かぎ》りも知《し》らず極《きは》みなく
輝《かゞや》き渡《わた》る樣《さま》を見《み》む
今《いま》われ假《か》りにそのものを
美《うつく》しとのみ名《なづ》け得《う》る

伊良子清白の「夏日孔雀賦」と三島由紀夫の『孔雀』を読んで、この歌をもう一度味わってみると、歌が生き生きと羽ばたくのではないかと思います。西條八十の『砂金』にも素晴らしい孔雀がかくれているし、仏教には孔雀明王という慈悲深く美しい仏さまもいらして、奈良時代に伝来してきたのだそうです。悪い虫を食べてくれる孔雀は、色々なところに美しい羽を広げているようです。

2011. 6. 27

V

細蜂少女《すがるをとめ》、天蛾少女《すずめがをとめ》ふつふつと受難樂鳴るラジオをかかへ

『水銀傳説』黄色自治領

細蜂少女《すがるをとめ》――直喩のような

夕方、三ノ宮の地下街で制服の白がまぶしい高校生達とすれ違いました。とても楽しそう！　あの頃の私を思い出して、ちょっぴり甘酸っぱい気持になりました。

細蜂少女《すがるをとめ》、つまり腰の細い少女と、天蛾少女《すずめがをとめ》　ふくよかな少女が、ふつふつと受難樂が鳴っているラジオを、抱えている。

細蜂少女（すがるおとめ）、天蛾少女（すずめがおとめ）と並べただけで、腰のきゅっと締まった少女とややふくよかな少女が浮かびます。なぜ「受難樂鳴るラジオを

かかへ」ているのかは深読みをさそうけれど、ともかく二人の少女がラジオを抱えていることだけは確かです。絶え間なく聞こえてくるのは受難曲。イエス・キリストの受難と死の物語なのですが、静かに聴いているのでしょうか。少女達のおしゃべりは蜂と蛾の羽音（ラジオの雑音）混じりの受難曲のように聞こえてしまう。そんな解釈もありだ、と思います。

今はダウンロードした音楽を小さなメモリーで持ち運ぶ時代なので、ラジオを抱えるのには、かなり違和感がありますね。受難曲の内容を知らないままにラジオを運んでいる少女達の姿に、平和なように見えて危機をはらんでいた昭和三十年代の状況を、伝えたかったのかもしれません。

だからでしょうか。危機をはらんでいるのにとりあえず平和なように見える今、この歌は新鮮ですね。昆虫の名前のしたに少女を据えて、その姿の特色をしっかりと浮かびあがらせる手法も、素晴らしく新鮮にみえますが、「細蜂少女」は塚本邦雄の造語ではなく『万葉集』第九巻一七三八にある由緒正しい言葉。

「水長鳥《しながどり》安房に繼《つ》ぎたる、梓弓末《あづさゆみ》の珠名は、胸間《むなわけ》の廣けき吾妹《わぎも》、腰細《こしぼそ》の蜾蠃娘《すがるをとめ》子の、其容《かほ》の端正《きらく》しきに、花の如《ごと》咲《ゑ》みて立てれば……」『万葉集』第九巻一七三八

上総は、今の千葉県。そこに住む珠名《たまな》という名前の、胸が豊かで腰の細い娘が、花のようにほほえみながら立っている様子を伝える長歌。それだけではなく十六巻の竹取の翁の歌にも「飛び翔ける　蜾蠃のごとき　腰細に」つまり「飛び回っている蜂のように細い腰」と、素敵な女性へのほめ言葉として使われています。

ユーモラスなのに由緒正しい直喩のような造語。こういう言葉を見つけるのも短歌を読む楽しみ、ですね。

ありのすさび（あることに慣れすぎて何とも思わないこと）に「アリス」を隠した楽しい歌もあります。

ルイス・キャロルありのすさびの薬瓶割れて虹たつなり夢の秋

『されど遊星』青狼變

2011.7.4

ライターもて紫陽花の屍《し》に火を放つ一度も死んだことなききみら

『緑色研究』致死量

紫陽花——小説と短歌

梅雨が明けて、紫陽花は青から赤紫になり枯れはじめました。あの茎を折ると中は空っぽ。紫陽花は形が甕に似ているので、水の器といわれています。その名前の通り、雨の日は、空っぽの茎を流れる水音が聞こえてきそうなほど、水を吸うらしい。花と思われているのは萼が発達したもの。かなり長く咲いていますが、枯れてしまうと、頭くらいの大きさの花はかなり不気味。美の終焉という感じがします。

ライターに火をつけて、枯れて無残な紫陽花の屍に放つ、一度も死んだことのない君たちは。

ライターの火で干からびた頭のような紫陽花の花を燃やす。「屍」は立ち枯れの紫陽花に相応しいけれど、イメージが恐い。きみらという呼びかけも、迫力があります。「君たちは一度も死んだことがない」。だからこそ生きている。あたりまえのことなのに、改めて言われると、衝撃が走る。そういう言葉の典型でしょう。

この歌に三島由紀夫が感動して、『午後の曳航』の一場面に用いたという逸話もあります。きみらとは、十六歳くらいの少年のような感じ。深くかんがえることなく、立ち枯れの紫陽花（屍）を燃やしてゐる情景が、見えてきます。「きみら」は年下に使う言葉だからでしょうか、少年の気配が伝わる不思議な言葉。「きみら」の代わりに「人ら」を入れた時の、漠然とした感じとくらべてみると、その違いがわかるのではないかと思います。三島由紀夫の昭和四十年代の小説『仲間』に出てくる少年と、似ているような。三島由紀夫は、

馬を洗はば馬のたましひ冱《さ》ゆるまで人戀はば人あやむるこころ

『感幻樂』花曜

を絶賛して塚本邦雄の短歌への注目度を高めた小説家。眼を細めて三島を語っていらした姿を思い出します。

皮膚と皮膚もてたましひの底愛せむに花咲きあぶらぎりたる樒《しきみ》

『水銀傳説』水銀傳説

2011. 7. 15

青年にして妖精の父　夏の天はくもりにみちつつ蒼し

『星餐圖』星想觀

句跨りには音感が必要——感情を調べにのせて

なでしこジャパンは、妖精のような身軽さ。笑顔も試合も成果も素晴らしかったですね。今日は台風が過ぎて、曇り空から青空が覗き、少しずつ広がってきました。

青年でありながら妖精の父とは、単純にまだ青年なのに子供を持ってしまった父ということでしょう。若さ故の不安は、雲が湧くように広がり夏の天は蒼くすんでいる。けれど、雲の上には青空があるように、よろこびもあるかもしれない。

散文のように読んでしまいますが、やはり短歌なので、定型に入れて読みたいです

ね。五七五七七の定型に入れてみると、

青年に・して妖精の・父夏の・天はくもりに・みちつつ蒼し

このような感じになります。

不安とよろこびの間で揺れる感情にふさわしい、句跨りという手法を使ってつくりだした不安定な韻律。韻律は、その不安を頭ではなく心に直接伝えることができるので、短歌には大切なものだと教えてくれます。

句跨りは、句の切れ目に単語は収めるけれど、文節は二句に跨るという手法。定型を揺さぶり一首一首、内容にもっともふさわしい韻律を生み出そうとしていた塚本邦雄は、さまざまな句跨りを試みています。

『星餐圖』の成果の一つは、洗練された句跨りの発見。その特徴を際立たせるために、感情を韻律とともに読者の心に伝えてくれるこの歌を、巻頭に据えたような気がします。塚本邦雄はいつも巻頭歌にメッセージを託しているようなので。

天使に雌雄あり夜の沖を帆走《ほばしり》のおくれつつゆく父なるや一人

『星餐圖』茘枝篇

2011.7.21

三島由紀夫の美意識

孔雀、紫陽花

孔雀と紫陽花で紹介した詩と小説。伊良子清白の詩集『孔雀船』は岩波文庫。三島由紀夫の短編小説「孔雀」と「仲間」は新潮社文庫『殉教』に収められています。『殉教』は昭和二十二年から昭和四十一年の間に発表された短編のなかから選りすぐりのものを集めた自選。三島由紀夫の目指したものがほとんどすべて網羅されているような感じなので、お勧めです。

『星餐圖』は三島由紀夫に捧げた歌集でもあるので、その美意識など近いところがあります。昭和二〇年代から四〇年代は、敗戦のもたらした廃墟から、高度成長に向かった時代。三月十一日を通過した今、読みかえしてみると、どんな感想が生まれるのか、かなり興味深いので再読しています。

2011.7.21

使途一切不明なれども一壜の酢をあがなへり妖精少女

『天變の書』覺《めざ》むる王のための喇叭華吹《ファンファーレ》

一壜の酢——特別に見せるために

七月も後半となりましたが、梅雨空のような感じの雲が広がって蒸し暑いですね。少しでも爽やかな風がほしいので、今日も妖精に登場していただくことにしました。妖精は、ケルト神話などの西洋の物語の中にすむ、山や川や木や草に宿る精霊のこと。女性の姿をしているようなので、以前紹介した「青年にして妖精の父」も少女の父ということになりますね。少年の父と、少女の父。同一人物でも息子と一緒の時と娘と一緒の時では少し感じがかわります。言葉の魔術というわけではない。人間の感情の面白さでしょうか。

何に使うかはわからないのだけれど、妖精のような少女が一壜の酢を買った。

妖精のように可愛い少女がお使いに行って、酢を一壜買うのは昭和の頃よく見かける風景でした。それを「使途一切不明なれども」としたところが要。酢は、調味料や油とまぜてドレッシングに、酢の物に、夏には欠かせません。この頃は体に良いので黒酢、林檎酢、などいろいろな種類があり、薄めて飲んだりします。

「酢」と聞いただけで、それぐらいの使い道はすぐ浮かぶのに、使途一切不明といわれると、気になります。そういえば昔、酢を飲むと体が柔らかくなるとも言われていました。この歌を読むといつも思い出すのは葛原妙子の歌、

晩夏光おとろへし夕　酢は立てり一本の壜の中にて　　葛原妙子『葡萄木立』

少女の買った酢は葛原の歌の一本の壜の中に立っていた酢。かも知れません。どこにでもあるはずの一壜の酢が特別なもののように見えてきますね。

2011. 7. 28

立春の空酢の色に樂器店までのかをれる五百メートル

『天變の書』覺《めざ》む王のための喇叭華吹《ファンファーレ》

寺山と葛原と塚本——共鳴し合うイメージ

節電のなか蒸し暑い日が続き、新潟、福島は豪雨で大変。お見舞い申し上げます。天変地異はどうしようもないのですが、短歌は心を少しだけほぐすことができます。今回は前回の妖精少女とおなじ連作の中から選びました。真夏ですが、立春の歌でほんの少しだけ涼しさを味わってみてください。

立春の空は、酢の色のうすい金色に染まる。楽器店までのさわやかな香りにつつまれた五百メートル。

定型に合わせてみると、句跨りの効果が見えてくるのではないかと思います。この場合は調べが軽やかになるという効果。一見ギクシャクしているように見えるのですが、まるで妖精が強すぎる酢の匂いを薄めて創った爽やかな香りを、運んでいるかのような清清しさ。楽器店からはあまり重くない、たとえばバロックの調べなどが聞こえてきそうです。この歌はさりげないようでいて、調べと匂いを感じることができる珍しい歌。爽やかさの源もそこにあります。酢の色とは金色を溶かしたような命の色でしょうか。醗酵食品ですから、そこには命の温かさもありますね。

人間の歩く速度は時速四キロといわれています、五百メートルとは歩いて八分くらいでしょうか。具体的な数字があると楽器店までの道筋の風景はぼんやりしているのですが、一本の道がリアルに見えてきますね。

同時代の歌人の歌を制作順にならべてみると、それぞれのイメージが共鳴していることがよくわかります。これも一種の本歌取りかもしれません。

一本の樫の木やさしそのなかに血は立ったまま眠れるものを

寺山修司『血と麦』

晩夏光おとろへし夕　酢は立てり一本の壜の中にて

葛原妙子『葡萄木立』

使途一切不明なれども一壜の酢をあがなへり妖精少女

塚本邦雄『天變の書』

立春の空酢の色に樂器店までのかをれる五百メートル

塚本邦雄『天變の書』

一本の樫の木のやさしいたたずまい。
そういえば私の中にも血が立ったまま眠っている。
夏の終わりの強いひかりで褪せてしまった風景の中に、
酢の壜があり、酢は壜の形に垂直に立っている。
一瓶の酢を買いにいった少女が帰り道、
夕暮れの黄色っぽいそらにであう。

壜が空になったらさわやかな春、
　楽器店まで歩いてゆこう。

自由な読み方で楽しめるのも短歌の強みかもしれませんね。
楽器店まで行くので、楽器の歌を二首。

花傳書のをはりの花の褐色にひらき　脚もていだかるるチェロ

『綠色研究』綠色研究

室外に室內樂を聽くごとくわかもののこゑこもれる柩

『星餐圖』星想觀

2011. 8. 1

アヴェ・マリア、人妻まりあ　八月の電柱人のにほひに灼けて

『緑色研究』革命遠近法

八月の焼けただれた匂い――音とイメージで繋ぐ

水素爆発の映像を何度も見てしまった今年は、広島と長崎に原爆が落とされてから、六十六回目の八月。『初學歴然』所収の呉での講演によると、塚本邦雄は、呉でキノコ雲を見たのだそうです。塚本は、八月の電柱に何を見たのでしょうか。

アヴェ・マリア、人妻まりあ。八月の電柱は、人のにおいに灼けている。

昭和の初めの電柱は、コンクリートではなく木の柱にコールタールを塗った黒色だったので「人の（にほひに）灼けて」いるようで、ドキッとします。熱波に焼けただ

れたような鋭い匂いを放つ電柱と「人のにほひに灼け」るイメージを重ねる。屈折した表現に、言葉によって怒りや哀しみを昇華させ、なおかつその感情を風化させることなく伝えようとする意思が、感じられます。この意思が歌の要。『緑色研究』だけではなく塚本邦雄の短歌の源に通奏低音のように響いています。

炎天下の電柱を惨劇と重ねる前に、祈りの曲を流すという演出が、鎮魂の心をしっかり伝えていますね。アヴェ・マリアは聖母マリアへの祈禱の始まりの言葉。バッハの平均律クラヴィア曲集から借用したグノーの曲、シューベルト、そしてカッチーニなど様々な作曲家によっても曲をつけられています。なかでも私はシューベルトの「アヴェ・マリア」を歌うサラ・ブライトマンの歌声が好きですね。

カトリック系の祈りの曲は美しいメロディーが魅力。言葉はわからなくても美しいメロディーは、直接心に響いて、哀しみをやさしく包んでくれる。「アヴェ・マリア」といえば頭の中にあのメロディーが駆け巡る。そのことを知っていたのでしょう。あのメロディー、ぜひ聴いてみてください。

ピアニストの名前の入った心震えるこの歌も忘れられません。

ディヌ・リパッティ紺青の樂句斷つ　死ははじめ空間のさざなみ

『星餐圖』　星想観

2011. 8. 7

追伸

ディヌ・リパッティは、三十三歳で夭折したルーマニア生まれの天才ピアニスト。「ウルトラ・セブン」最終回の放送に彼の演奏が使われたのが一九六八年九月のこと。それから五十年になり、しかもリパッティ生誕一〇〇年に当たるとあって、二〇一八年九月にヘルベルト・フォンカラヤン指揮「シューマン&グリーグピアノ協奏曲」のCDが再発売され、最終回の重要なシーンで演奏されるリパッティのすばらしい演奏を久しぶりに聴きました。塚本邦雄は「ウルトラ・セブン」最終回にこの曲が流れたのを知っていて、この短歌を創ったのではないか。と思うとドキドキします。

百合はみのることあらざるを火のごときたそがれにして汝《な》が心見ゆ

『星餐圖』星想観

百合と汝をつなぐ「を」——あいまいさが醸し出す魅力

百合は実ることがないのだなあ、そのように私の思いも実ることはない。火の燃えるような（尽きたような）黄昏時、君の心が見えてしまった。

「汝」は立場が自分と同じかそれ以下の相手を指す言葉。黄昏は夕焼けのあとのほの暗い頃なので、（）のなかの言葉を補充してみました。解説は一例です。短歌は、その人の心の深いところに降りていってその心と共鳴するもの。百合は女性の比喩でもあり、男性の比喩かもという問題もありますが西洋では聖母マリアの花。女性のような気もします。「汝が心見ゆ」が歌の眼目なのでまあそれほど性別にこだわる必要はないと思います。

人の背丈くらいあって天辺に三輪の白い花。黄昏時にたおやかなシルエットが見えてきますね。

この歌で特徴的なのは「を」の使い方。「を」は百合と君の心を繋ぐ接続助詞なのですが、順接逆接どちらにもとれるので困ってしまいます。だからかなり曖昧な接続助詞ではなく、百合と君の心をすこし隔てる間投助詞的に読みたいですね。

一首のなかに

百合は実ることがないのだなあ
火の燃えるような（尽きたような）黄昏
君の心が見えてしまった。

三つの情景が繋がらず隔てず、互いに共鳴して、浮遊する

不思議な空間が生まれます。

私は狭い庭にいままで鉄砲百合、カサブランカ、鬼百合、さまざまな百合を植えてみたのですが、もともと花を育てるのに向いていないようで、今残っているのは、カサブランカと鬼百合、そしてどこからか種が飛んできた高砂百合の三種。

植えっぱなしのカサブランカに花が終わり、鬼百合は暑すぎたためか咲かず、いまは百五十センチほどに育った高砂百合の最後の花がゆらゆらと風に揺れています。高砂百合は、一五〇センチくらいに育ち天辺に三輪の白い花が俯いていて、開くとこちらを見ているような感じになります。広隆寺の半跏思惟像のまえに供えられていたのはたぶん鉄砲百合。高砂百合は台湾渡来。暑さに強いので、沖縄でいうしらゆりはこの花のことかもしれませんね。二年前の春に行った「しらゆりの塔」のことを思い出します。

百合は球根で増えるので、実ることはほとんどないのですが、鉄砲百合に似た高砂百合だけは種ができてあちこちに飛び毎年違ったところにも咲きます。根でも増えているようなので、頼もしすぎるほどの生命力です。

「を」が効果的に使われているとっておきの歌を、本歌とともに。「を」は古典の中でも活躍していますね。

おおはるかなる沖には雪のふるものを胡椒こぼれしあかときの皿

『感幻樂』花曜

はるかなる、沖にも石のある物を、ゑびすのごぜのこしかけの石

「狂言歌謡」

八雲立つ出雲八重垣妻籠みに八重垣作るその八重垣を

「古事記」

2011. 8. 25

神にも母にもかつて跪きしことなしサッカーの若者の血噴く膝

『緑色研究』月蝕對位法

サッカー、若者の力強さ——心の動きと身体の動きと

八月末からまだ二週間たっていないのに、首相がかわり、台風の影響で奈良県、三重県、和歌山県が大変なことに。一昨年行った那智勝浦や田辺でも水害。お見舞い申し上げます。

疲れたこころを励ましてくれるかのように、昨日はなでしこジャパンが勝ちました。サッカーの熱狂的なファンとはいえないのですが、神戸はなでしこジャパンと関係が深いので応援しています。

神にも母にもいままで跪いたことのないように見えるサッカー選手が転倒し、赤

い血を噴く膝が見える。

かなりの字余り。さらに語割れ句跨り。そこに不遜とも思える若者の力強さが見えてくる。韻律を意識的に壊すことも技法として捉えて活用した歌に、塚本邦雄がどれだけ型破りだったのかが見えてきますね。

神にも母にも跪かない。何者にも屈することなく自らの力を信じてひたすらスポーツをする若者へのいとおしさ。その若者が転んで膝をすりむく。はっとする心に一瞬にして血の赤があざやかに広がりますね。

「跪く」は「ひざまずく」と読みます。跪くには心の動きと身体の動きがあることを、あらためて感じました。ひたすらスポーツをする姿には清清しさというのでしょうか、がんばる力をもらえるような気がしますね。

ずぶ濡れのラガー奔るを見おろせり未來にむけるものみな走る

『日本人靈歌』死せるバルバラ

2011.9.6

秋風《しうふう》に思ひ屈することあれど天《あめ》なるや若き麒麟の面《つら》

『天變の書』 麒麟玲瓏

納得させてしまう力――麒麟は誰か

この秋はいつもの年よりもなお、感慨ふかい秋。やっと秋になったと、もう秋になってしまった。二つの感覚を、ふっと見上げた空の青さに浮かぶ雲の白さとともに、思いました。

もう秋になってしまった。と、かなり屈折した思いを抱いて空を見上げると、突き抜けるような青空に麒麟の貌のような雲が浮かんでいた。

直接言葉が映像として入ってる。とでもいうのでしょうか。細部を描写していないのに「思い届する」で、秋にいたるまでの経緯を描いてしまっているところが、この歌の魅力。目の前に、秋の空にぽっかり浮かんだ白い雲が、見えてきます。

この歌を読むと、秀歌には、細かい意味までは解らなくても、人を納得させてしまう力があると、しみじみ思います。麒麟は、聖人の前に現れる想像上の動物で、形は鹿、尾は牛、蹄は馬といわれますが、動物園のキリンでもあり、突出した人物のことでもある、三つの意味を持つ言葉。

寺山修司と塚本邦雄の往復書簡集の題名は『麒麟騎手』。塚本邦雄にとって寺山修司は麒麟のような存在だったのかもしれません。

そう思うので、私は麒麟に、突出した若い才能であった寺山修司を、重ねて読みたい誘惑に駆られるのですが、それぞれの心のなかの若い才能を重ねて読む——。それがこの歌の正しい読み方だと思います。


少年發熱して去りしかば初夏《はつなつ》の地に昏れてゆく砂繪の麒麟

『装飾樂句《カデンツァ》』向日葵群島

2011.9.25

木犀少女《もくせいをとめ》うつろふ影は硝子越し古今集戀よみびとしらず

『されど遊星』後夜

木犀と少女とよみびとしらず——二つのイメージの重なり

かなり残暑が長かったので、曼珠沙華と金木犀が同時に満開となりました。曼珠沙華は毎年九月の彼岸に合わせたように咲いていたので、今年はすこし遅れ気味の満開。

金木犀は黄色い小さな花。瑞瑞しい少女のような香りを漂わせながら、硝子窓の外に立っていて、影が風に揺れている。そのたたずまいは、古今集の詠み人知らずの恋歌のようにういういしく素直。甘く切ない恋心を思い出させてくれる。

金木犀は今まさににおい立つ情感、という感じで咲いています。初句七音のなだらかな韻律はたおやか。木犀少女と、古今集の恋歌。二つの持つ雰囲気が、秋の透き通った空にふさわしい。心がふっと軽くなるような歌です。

氷上の錐揉少女《きりもみをとめ》霧《きら》ひつつ縫合のあと見ゆるたましひ

『星餐図』荔枝篇

かつて取上げた「錐揉少女」は少女の状態を表す言葉でしたが、「木犀少女」の場合は、木犀のような少女ととるよりも、「少女のような木犀」と取ったほうがその香りとたたずまいが鮮明になるので、そのように解釈してみました。けれど、木犀のような少女としてももちろん作者の意図を損なうことはないと思います。どちらにでも取れるというよりも、二つのイメージを重ね合わせるところに作者の意図はあるが、正解でしょう。

『古今和歌集』巻第十一恋歌一にはよみびとしらずの三大恋歌があります。

郭公なくや五月《さつき》のあやめ草あやめもしらぬ恋もするかな

ほととぎすの鳴く五月（今の六月）のあやめ草その文目《あやめ》も知らず（わけもな

く）恋をするものだなぁ。

夕ぐれは雲のはたてに物ぞ思ふあまつそらなる人をこふとて

夕暮れになると雲のはてをながめてもの思いにふける、手の届かないあの人が恋しいから。

わがこひはむなしき空にみちぬらし思ひやれどもゆく方もなし

私の恋は空にみちてしまったらしい。あの人を思っても、その思いがどこへも行けないほどに。

三大恋歌への憧れは本歌取りの歌が多いことで証明できます。この歌も恋歌へのあこがれがあって生まれたものなのかもしれませんね。技巧を感じさせることなく、金木犀の香る雅びな秋を見せてくれています。

2011. 10. 6

百合科病院、天南星《てんなんしやう》科醫師、茄子科看護婦、六腑夜ひらくてふ

『青き菊の主題』青き菊の主題

夜ひらくもの——植物に置き換える

もう十一月も半ば、月二首は取上げる予定の塚本短歌、かなり間があいてしまいました。

百合科のような病院に、天南星科のような医師と、茄子科のような看護婦が居て、六腑は夜ひらくという

夜ひらくてふ　の「てふ」は「と言ふ」の省略された言い方。新かなでは「とう」と表記されます。文語なのですが、短歌ではいまでもよく使われるので、覚えて

おくと便利な短歌特有の言葉の一つです。

この歌は、意味がわかるような解らないような、さまざまなことを思わせてくれる印象深い歌の代表ではないか、と思います。よく見てみると、音楽的で、絵画的でもある歌を目指していることもわかります。

まず、音楽性について。初句七音、句跨りが二回。ゆっくりと、その言葉の意味をかみ締めるように読んでゆけという意味でしょう。この「、」をみていると、漢字が、五線譜の上に並んでいる♪のように見えてきて、破調とは、短歌の韻律を更新することと。韻律を熟知していなければできない音楽的な技法であることが、よくわかります。

そして絵画性は名詞に託す。病院があって、其処に医師と看護婦がいて、六腑（漢方でいう六種の内臓。大腸・小腸・胆・胃・三焦・膀胱）つまり身体がある。さらに夜の闇。名詞だけでも情景はすぐに浮かんできますね。

場面は設定されていて、手術室のような雰囲気。百合のように白い病院に、天南星科のカラーのような白衣を着た医師。茄子科の艶やかな看護婦。絵になるイメージが鮮やかにあります。

そして物語性。百合科は百合根。天南星科は、里芋。茄子科は、茄子。実は食べることができて、薬効もあるようですが、助詞が省略されているために、すべてのものが「夜ひらくてふ」に係ってきて、謎めいた物語が始まる気配。読者の想像力をかきたてますね。なによりも印象深いのは「夜ひらく」。この言葉に触発され、昭和40年代に流行った歌謡曲「夢は夜ひらく」を重ねて楽しんだ人は多かったと思います。

塚本邦雄『青き菊の主題』は一九七三（昭和四十八）年十月十日刊。平成も二十三年目から見ると昭和という時代の、懐かしいものがちりばめられているような感じ。当時流行しているものは、古びてしまうことを恐れずしっかり採り入れる。それも塚本短歌の魅力の、秘密です。

錐・蠍・旱・雁・掏摸・檻・囮・森・橇・二人・鎖・百合・塵

『感幻樂』睡曜

2011. 11. 15

幻視街まひる昏れつつ賣る薔薇の卵、雉子の芽、暗殺者《アサシン》の繭

『靑き菊の主題』水中斜塔圖

幻視街に買い物へ――言葉のもたらす錯覚

夜が長いので、言葉の取り合わせの光る歌をもう一首。

幻の世界の真昼は昏れて、もっとも幻想的な時間である黄昏へと移ってゆく。幻視街にも店はあって、そこに売られているのは、薔薇という植物の卵と、雉という鳥の芽。そして暗殺者を内側に育んでいる繭。

すこしずつ言葉の繫がりを常識からずらしてみせながら物のイメージを楽しむ歌とでもいうのでしょうか。薔薇の蕾と雉の眼。あるいは薔薇の芽と、雉の卵とすれば当

たりまえ。その当たり前のイメージが少しずれているだけなので、現実には存在しないけれど、現実にある言葉によって表すことのできる。不思議だけれど、理解できるものばかりが売られています。

昭和四〇年代は、高度経済成長の時代。活気が溢れているけれど、どことなく垢抜けてなくて、大衆文学と、純文学というわけ方が、しだいに交じり合いエンターテインメントとしての小説が生まれた時代でした。その時代の要求を敏感に嗅ぎ取っているエンターテインメントとしての短歌。

つまり言葉のもたらす錯覚によって読者を楽しませることを目標として作られた歌ではないかと思います。だからずれているけれども、離れすぎない。短歌を楽しみの道具とすることは、近代短歌ではありえないことだったので、この立ち位置は、かなりの衝撃をあたえたのではないかと思います。「幻視街」は、そんな塚本邦雄が目指した、物語のエキスを濃縮して短歌というカプセルに閉じ込めた歌の、最突端にあります。

幻視街　　　と
まひる昏れつつ　　と

売る薔薇の卵　　　　　　と
雉子の芽、　　　　　　と
暗殺者の繭

私は、この歌を読むたびに、迷路のように入り組んだ地下街に買い物に行く時の楽しさを感じます。地下街は、地上で売られているものとは少しずれた薔薇の卵や、雉子の芽、暗殺者の繭など、奇妙なものが売られていても不思議とは思わない場所。

初出は、一九七二年十二月三日の毎日新聞。

半村良の『幻視街』が一九七七年出版なので、どのような関連があったか想像してみるのも楽しいですね。ところで、幻視街とは、反世界のこと。一九七〇年代の世界は、絶対的なものとしてあったので、反世界。つまり現実ではない幻視の世界というものを塚本は作り上げようとしたのでしょう。

二〇一一年の世界は、不確実な要素が多すぎるので反世界というよりも、現実の後ろに透けて見える少しずれた世界という感じでしょうか。

2011. 11. 29

醫師は安樂死を語れども逆光の自轉車屋の宙吊りの自轉車

『緑色研究』果實埋葬

逆光に宙づりの心——鎮痛剤としての歌

夕方高速バスに乗って松山からの帰り道。窓の外の暗闇に、凄みのある銀色の塊が揺れていました。薄をはじめて美しいと思いました。

医師は安楽死について、いろいろ説明しているのだけれど、それは法律では認められていない犯罪行為。そんなことを思っていると、目をあけていられないほどまぶしい逆光の中で、宙吊りになっている自転車の黒い影が見えた（ような気分になった）。

光の中に前輪と後輪が黒く見える自転車は逆さづりになっているので動けませんが、この場面に何を見出すかは、読み手の決めること。上句を「医師は　安楽死を語れども」として、鑑賞されるのがふつうですが、「医師は安楽、死を語れども」と切ることもできます。死は当事者のみのもの。医師は他者ですのでその痛みを共有することはできませんし、他者でなければ、人間として感情が疲れてしまうでしょう。無菌室も、尊厳死や緩和ケアという言葉もなかった一九七〇年代後半に、私は、病院のベッドで苦しむ母を看取りながら切実に、この歌を思いました。

そして先日、父の通院の付き添いで診察室に入り抗癌剤投与について、医師の説明を聞くときにも。鎮静剤のようにこの歌を思い出し、呪文のように頭の中で唱えていました。歌は、実用的なものではないのですが、鎮静剤の役目を果たしてくれるときもあります。

卵黄吸ひし孔ほの白し死はかかるやさしきひとみもてわれを視む

『緑色研究』致死量

2011. 12. 20

VI

硝子屑硝子に還る火の中に一しづくストラヴィンスキーの血

『緑色研究』果實埋葬

硝子に還る——不死鳥のように再生されて

今日は阪神淡路大震災から十七年目の日。もう十七年。時間は短くて長い微妙なものですね。今年最初の塚本邦雄鑑賞は、硝子の歌。

硝子屑は火の中で溶けて硝子に還り、また様々なものとして甦る。「火の中に一しづくストラヴィンスキーの血」が入っているから。

ストラヴィンスキーは、バレエ「火の鳥」などの作曲家、指揮者として活躍し一九五九年に来日しているので、同時代の作曲家として親近感があったのでしょう。

『火の鳥』は火の中で燃え尽きると何度も生まれ変わる不死鳥のこと。不死鳥の血が混じっているとも読めますね。打楽器の熱狂も火の燃える様子のような。
硝子は、石英と炭酸ナトリウムと石灰石などを熱して作るもので、作り方は昔からほとんどかわっていないのだそうです。硝子は脆く鋭く透明なイメージがありますが、壊れても不死鳥のように再生されると考えると、今日にふさわしい歌かと思います。

赤い血はいのちの色。

ガラス工場ガラスの屑を踏み平《なら》し道とす　いくさ海彼に熄《や》む日

『装飾樂句《カデンツァ》』向日葵群島

硝子工くちびる荒れて吹く壜に音樂のごとこもれる氣泡

『装飾樂句《カデンツァ》』向日葵群島

2012. 1. 17

鶍《いすか》少女《をとめ》にみちびかれつつ冬の坪あゆめりここを人外《じんぐわい》といふ

『天變の書』覺《めざ》むる王のための喇叭華吹《ファンファーレ》

少女喩・形だけではなく――物語の予感

大雪から雨。また明日からは寒くなりそうです。
立春は過ぎたのですが、春が待ち遠しいですね。

鶍のような少女にみちびかれながら冬の坪（庭）を歩いているのだが、いままさに私が歩いている冬の坪を、人は人外《じんがい》、つまり人間の住む世界の外と、呼んでいる。

鶍のような少女に、中庭の茶室にでも、案内されているような雰囲気。少女と私以外誰もいない静寂に満ち溢れた、まさに侘び寂びそのものの、外の世界とは切り離された空間が広がっています。物語がはじまりそうな予感。鶸少女とはどのような少女の比喩であるかが問題です。

細蜂《すがる》少女《をとめ》、天蛾《すずめが》少女《をとめ》ふつふつと受難樂鳴る　ラジオをかかへ

『水銀傳說』黄色自治領

蜂や蛾に喩えられた少女達の比喩は、けっこう単純で分かりやすいのですが、鶸はスズメ目アトリ科の鳥。雌はオリーブ色の背中と交差した嘴に特徴があります。なぜ鶸なのだろうと検索していたらヒントが見つかりました。

西洋では、鶸は十字架にはりつけになったイエスの釘を引き抜こうとした鳥。そのためにあのような嘴になり、義人としてあがめられる鳥になったのだそうです。この物語を知ると、鶸にたとえられている少女の役割がより鮮明にみえてきますね。

人外はルビが（じんぐわい）とふられています。（にんぐわい）と読むと人倫に外れている人となるからでしょう。

比喩は形だけではなくその役割も考えて決める、ということでしょう。

針魚《さより》の腸《わた》ほのかににがしつひにしてわれに窈窕たる少女《をとめ》無き

『歌人』今日こそ和歌

2011.2.7

ことばよりこゝろにきずつくきぬぎぬの空や野梅《やばい》の蘂の銀泥

『されど遊星』照䂮畫法

雰囲気を正確に伝える歌——言葉よりも声に傷つく

今日は十六日目の月。今年は、かなり寒さが続いたので、やっと梅が見頃となりました。月と梅の組み合わせに、雪が加わると和歌の時代の美意識の象徴のような景色となるので、今週雪が降るかどうかは、気になりますね。

言葉の意味そのものよりも
その言葉を発したときのあなたの声のとがり方
あるいは投げやりな言い方によって
傷ついてしまった。

後朝の空を見上げながら帰るとき
人の手によって植えられたものではなく
野に自生する逞しい梅の
蕊の銀色が眼に痛い。

歌の意味は大体こんな感じです。まず、ことばより声に傷つくという心情に惹かれます。

どのような状況かは、後朝《きぬぎぬ》。つまり恋人と過ごした後《のち》の朝という以外限定されていませんが、たとえば「さようなら」という別れのあいさつの言葉である場合、あまりに楽しそうな口調であれば人はかなり傷つきますし、「ありがとう」という感謝の言葉であっても迷惑そうな口調であれば傷つきます。

後朝の意味がいまひとつ実感できなくても、言葉よりもその言葉を発するときの「声に傷つく」という人の共感を呼ぶ心情が読み手の心をまずつかむ。塚本短歌の機密事項の一つが、ここにしっかりと表現されているわけです。

そして、後朝の空の風情に野梅を重ね、梅の花の銀色のひりひりとした鋭い、しかも密生した蕊の醸し出す豪華さを、強調しています。

万葉の時代から、梅の花は愛されて、盛んに詠まれているので梅には雅なイメージが付きまとうのですが、この歌はそのイメージを味方につけたのち、あえて野梅と強い言葉を使ったところが見どころです。

野暮にならず、野性の強さを強調しているかのようですね。梅の花そのものではなく空に（と）野梅の蘂の銀泥を見ているのですが、私はこの歌を読むと、ある年の二月、野ではなく民家の跡地に砂利を敷いただけの駐車場の片隅で出会った、満開の垂れ梅を思い出します。

白ではなく赤に紫を混ぜた強い色の花を全身に纏った妙に生々しいべにうめとでも呼びたくなる紅梅。寒さに耐えて枝に直に咲く花も、花びらを汚している蕊も、どこか神経にピリピリと障って痛々しい。しかも粒粒と血のような色にびっしりと咲く花には、息苦しいほどの強い生命力。

あの垂れ梅を見た時、この歌の野梅がたとえ白であっても「野梅の蘂の銀泥」という言葉には痛々しさとピリピリ感と生命力があり、「ことばよりこゑにきずつくきぬぎぬ」の雰囲気を伝えていることを、つまり歌は、具体的なものに託して目には視えない雰囲気を的確に描写できると、わかったような気がしました。

雪の上に照れる月夜《つくよ》に梅の花折りて送らむはしき児もがも

大伴家持「万葉集」18-4134

『万葉集』の時代は、梅といえば白梅。平安時代には「雪・月・花」の三つをセットにして詠まれることが多かったようです。「雪月花」という美意識のはじまりは、白居易ではないかと思われる方も多いかもしれませんが、『万葉集』の編者とされている大伴家持だそうです。

固きカラーに擦れし咽喉輪のくれなゐのさらばとは永久《とは》に男のことば

『感幻樂』聖・銃器店

紅梅のあまり濃ければ「先行く」と書きのこすゆめ遺書にあらず

『波濤』醍醐變

2012.3.9

初蝶は現《あ》るる一瞬とほざかる言葉超ゆべきこころあらねど

『閑雅空間』太陽領

言葉派と初蝶——情景と心理を伝える

四月五日の神戸新聞の記事に大裏銀豹紋という蝶が、兵庫県では絶滅種となったとありました。薊の蜜を吸う蝶。手入れの行き届いた草原が少なくなったかららしいのですが、経済効果のないものは、大切にされないのかもしれませんね、残念です。桜は八分咲きくらい。まだ蝶には出会っていないので、期待を込めて初蝶の歌をご紹介します。

今年初めて蝶を見た。
蝶は現れたと思ったら、

遠ざかりどこかへいってしまった。
言葉を超えるほどの心は、わたしにはないのだけれど。

『閑雅空間』の歌を読むと、詩歌とはこういうものだったんだと、あらためて思います。それはたぶん、私にとっての理想的な詩歌のかたちだからでしょう。

初蝶の動きの描写と、言葉のあらわしたものを超えるほどの心があるのかという疑問。一見まったく関係ないように見える情景と心理が、それとなく補い合いながら、一つの空間を作り上げる。バランスの良い配合のもたらす心地よさは、『閑雅空間』ならではのもの。

「言葉派」という括り方があります。「言葉派」は、もともと言葉にこだわり過ぎている人々を、少し否定を滲ませて指す言葉。ですが私は、このごろ少し違うのではないかと、思うようになりました。

たとえば「初蝶」に込められた季節感、蝶に今年も逢えた喜びなど、初蝶の運んできてくれるものは多種多様です。

『閑雅空間』は、鋭い言語感覚と高度な技巧によってつくられた、たおやかな空間。

言葉は使わなければ死語になってしまうように、言語感覚も使わなければ鈍るということを教えてくれます。

「言葉派」とは言葉に振り回されている人ではなく、言葉を通して物事を見る人でもなく、言葉の湛えている過去からの贈り物を、すべて受け取ろうとする人のこと。難しいことですが、そういう人に私もなりたいと、絶滅種となった大裏銀豹紋についての記事の写真を見ながら思いました。

夢の沖に鶴立ちまよふ　ことばとはいのちを思ひ出づるよすが

『閑雅空間』現代閑吟集

2012. 4. 10

受胎せむ希ひとおそれ、新緑の夜夜妻の掌《て》に針のひかりを

『水葬物語』環状路

絵画的なイメージ——日常が透けて見える

五月五日から六日にかけてはスーパームーンでした。いつもより満月が大きく、その存在感が怖いくらいの迫力を持って迫ってきました。さまざまなものが、月の周期に影響されているらしいので、巨大竜巻もその最中におこってしまいました。自然は人智を超えているのでどうしようもないのですが、なんとかしたいですね。

新緑の季節、スーパームーンにふさわしい歌を、お届けします。

受胎したい（してほしい）という願いと

まだ受胎したくはない（してほしくはない）という怖れ、
新緑の葉の隙間から夜ごと
針のように細く月の光が差す。
その光は、妻の持つ願いと怖れ、夜ごと妻の掌を差す。

新緑の美しい五月の夜。葉の隙間を通って月の光が針のように差し込む窓。その光の先には妻の掌がある。

美しい絵のような一瞬を閉じ込めた歌に、それほど前衛の方法論は感じられず、むしろ素直な心情を美しい光景とともに描写しているように見えますが、もう一度読み直してみても、私があえて「月の光」として「葉の隙間から差すほそいひかり」と描写した「針のひかり」が何かは、どこにも書いてありません。ほんとうは怖れと願いそのものかもしれませんね。月の光とあえて解釈したのは、夜と光からの連想です。

前衛の方法論として、韻律の様々な試行とともに、背後に絵画的なイメージを持っている作品も多いので、私は、その時々の気分に合わせて、様々なひかりとともに描かれている「受胎告知」を背景に置いて鑑賞したりもします。いずれにしても、この歌からは、妻が新緑、つまり命の満ち溢れた季節に、受胎を願いながらも怖れている。その心情が、迫力を持って、妙にリアルに迫ってきます。

それは、「受胎せむ希ひとおそれ、」という単純率直な言い方による。と説明しても良いのですが、このリアルは、作者が、妻の持つ感情の揺れを実際に近くで見ていたからこそ生まれたもの。言葉は、使う人の心情がじんわり滲み出てしまう生き物なのですね。

架空の世界の物語のようで、現実味がうすいとされる『水葬物語』のなかで、この歌は、読者と作者の間にかけられた橋のような存在。

「受胎せむ希ひとおそれ」。ほとんどの人が理解できる感情が、作者と読者をしっかりと繋ぎ、無条件の共感を得るという、大切な役目を果たしているようです。

君と浴みし森の夕日がやはらかく捕蟲網につつまれて忘られ

『水葬物語』環状路

2012. 5. 12

これつぱかりのしあはせに飼ひころされて今朝も木苺《きいちご》ジャム琥珀色《こはくいろ》

『黄金律』ロココ調

口語のアンニュイ――倦怠感と無力感が漂う

今日は、五月という暑くもなく寒くもない、美しい花が咲き乱れ木の緑も眩しい季節に相応しい木苺ジャムの歌を。五月病という言葉があるように、人間は美しい季節には、アンニュイな気分になりやすいですね。とりあえず生きてゆくために必要なものがすべて理想的な形でそろっているから、自分自身をじっくり見つめてしまうのかもしれません。

晴れた美しい朝、起きてトーストに木苺のジャムをぬり、のんびりと食べる。みち足りた何の不安もないように見える場所に私はいる。この程度の幸せを棄てられなくて、今朝も私はこの場所に留まりパンにジャムをぬっているのだけれど、木苺ジャムの琥珀色を眺めていると、樹液に溺れて閉じ込められ今はもう琥珀の一部となってしまった虫のような気分になる。

木苺には黄色いものもあるのでジャムの色は琥珀色でも大丈夫。琥珀は樹液が固まってできた、つまりいのちあるものから生まれた石。命あるものからできた宝石は琥珀だけ。だから樹液を吸うために来た虫が閉じ込められたものは、より命が感じられるので珍重されています。そんなことを考えてゆくと、この琥珀は、美しいから置いた色ではないということが伝わってきます。

「これつぱかりの」にまず惹かれてしまいます。なにも思い煩うことのない幸せに閉じ込められているようなのだけれど、こんなことでいいのだろうかと思いながらも、居心地のいい場所に居続ける倦怠感と無力感が見えてきます。この倦怠感と無力感は、バブル時代後半の雰囲気でもあるのですが、読む人によっては、そんな自分に対する怒りのような感情も、言葉のうしろに見えてくるかもしれません。

短歌は、すべての状況を説明していないので、読者の思いと重なり合うことによって完成します。この歌は、俵万智著一九八七年刊『サラダ記念日』以降の「口語を短歌に活かす方法」を塚本が使うとこんな感じになる。見本のような歌でもあります。

モネの僞《にせ》「睡蓮《すいれん》」のうしろがぼくんちの後架《こうか》ですそこをのいてください

『魔王』華のあたりの

すみやかに過ぎゆく日日はわすれつつ白魚が風のやうにおいしい

『風雅默示録』反ワグネリアン

2012. 5. 29

芍藥置きしかば眞夜《まよ》の土純白にけがれたり　たとふれば新婚

『緑色研究』夏至物語

言葉の流れを堰き止める——語割れ句跨り

芍薬を真夜中の土の上に置くと、土は純白に穢れてしまう。
たとえば新婚のように。

芍薬の歌は、七七五七七を意識して読むと、屈折感が強調されて、その心の動きの複雑さが、見えてきます。これも、言葉の流れを堰き止めて、リズムを生みだす語割れ句跨りの効用。

言葉を七七五七七にパズルのようにはめてゆくと、言葉の作りだす調べの不思議が、じっくりと体感できるのではないかと思います。その上なによりも魅力的なのは土が純白にけがれるという発見。土がついて純白がけがれるのが常識なので、土だってけがれるのだという主張は新鮮です。

新鮮でありながら、唐突ではない。この発想には先例があったようなと、考えてゆくとシェイクスピア『マクベス』の冒頭で三人の魔女たちが歌う「きれいは汚い、汚いはきれい」を思い出しました。

新鮮でありながら唐突ではないのはなぜか、ふと立ち止まって考えて、納得してしまう。そのあたりにも、塚本邦雄の歌に惹かれる秘密がありそうです。

鮎のごとき少女婚して樅の苗植う　樅の材《き》は柩に宜《よ》し

『水銀傳説』水晶體

金婚は死後めぐり來む朴《ほほ》の花絶唱のごと蘂そそりたち

『緑色研究』致死量

2012. 6. 25

ははそはの母が掃いたる八疊に月光を入れわれは出てゆく

『黄金律』太秦和泉式部町

月光の存在感——残る圧倒的静寂

中秋の名月、台風が通り過ぎたばかりの空に見えるかどうか心配だったのですが、傷ついた地上に、雲の隙間から澄みきった満月の光が、ふりそそいでいました。

母が箒で掃き清めた八畳の和室に月の光を入れて、私は出てゆく。

箒で掃き清められた空間にもう母は居ないのだけれど、母の残像がある。障子を開けて月の光を入れ、母の残した気配とともに私もでてゆくと、あとにのこるのは、月の光で満たされた八畳の和室。そこには、神秘さえ感じられるほど、圧倒的な静寂が広がっています。

「は」は「あ段」のゆたかな包容力のある母音を持ち、その音を三つ持つ「ははそはの」は母を呼び出す枕詞です。「柞葉《ははそば》」と漢字表記でわかるように柞（ブナ科の広葉樹）のこと。そういえば、干して草箒をつくる箒草も「ハハキギ」。音に母を隠していて、夏は黄緑の穂花を持ち、その実はとんぶりと呼ばれます。

母を呼び出す枕詞「柞葉」が、地味な花の咲く木なのが少し寂しいのですが、みずみずしい若葉も、もえるような紅葉も美しい。四畳半や、六畳の和室に付きまといがちな日常ではなく、座敷（客間）としても使える八畳。言葉の選び方に隅々まで行き届いた配慮を感じます。

塚本の歌は饒舌だと評されることが多いのですが、それは、名詞を重ねてそのイメージを極限まで利用するから。ここでは「ははそは」「母」「八畳」と「は」ではじまる言葉を重ねて言葉遊びのような外見。けれど、言葉と遊びながら音の広がりとともに、広い時空を内蔵していて、わずか三十一音にこんなにも深い感覚と、美しい空白がとじこめられているなんてと、感動してしまいます。

もう私の家にも座敷はなくて、お茶の間を兼ねたリビングはフローリング。月は昔、

「真如の月」として、悟りへの道をひらくひかりでもあったようです。

波は神の手魚《さかな》の流路《りうろ》いつの日も水晶の光濃き香の何か

「塚本邦雄歌集」歌集未収録

2012. 9. 30

皐月待つことは水無月待ちかぬる皐月待ちゐし若者の信念

「玲瓏」六十一号二〇〇五年五月

エピローグ

言葉の過剰より思いの強さ——破調が自在さにつながる

「皐月待つ」と口ずさむようにさりげなく歌いはじめられたとき、そこに立ちのぼるのは柑橘のかおり。

五月待《さつき》つ花橘の香《か》をかげば昔の人の袖の香ぞする

『古今和歌集』「夏」よみびとしらずの、そうして『伊勢物語』第六十段にも使われている名歌の香りを残しながら、伸び伸びと自在に、創られたのではなく詠まれた歌は、様々な不思議を湛えて、あるいは「正しい解釈」という詩から最も遠いものを拒みながら立っているようです。

初めて読んだ時、過剰さにまず引き寄せられてしまいました。その過剰さは、皐月が二度、「待つ」という主題を表す動詞が思い詰めたように三回も使われていることにも繋がるのですが、言葉の過剰は歌の力を損なう場合もありますよね。でも、この歌は、言葉の過剰よりも「待つ」という思いの強さに圧倒されます。

いのちの満ちあふれている故に冥い、皐月を待つとは、さらにその先の水無月を待つことには耐えられないという心、皐月に待っていたのは若者の信念である。

短歌の言葉に寄り添った解釈には、この歌を読んだときの魂を素手で摑まれたような感覚は反映されていません。というよりもその感覚の源は「言葉の意味に沿った正しい解釈」の中にはないといっても良いでしょう。

その源は、「待つ」が三度重ねられたこの歌から滲む「人は何を待つて生きていくのか」という問いかけと、その答は「死」そのものではないのかという私の怖れに。そうして重い問いを匂わせながらも、悲しみも怖れも見あたらず、ただ伸びやかに軽やかに詠まれているところに。さらには「皐月」が二回「待つ」が三回も使われていながら破綻を感じさせることなく、結句字余りの破調が自在さにつながる不思議にあります。

そこに、この「皐月待つ」の歌が掲載された「玲瓏」が手元に届いて一週間もたたないうちに（しかも皐月を待って）逝ってしまわれた偶然も重なりました。

作者である塚本邦雄が、膨大な知識や技法、歌を作らなければならないという義務感、あるいは作意から解き放たれたときに、無垢を纏ってぽっかりと浮かび上がってきたような歌。名歌かどうかは、時の流れが決めてくれるわけですが、私はこの歌に対するたびに、塚本先生に試されているような気がしてしかたがありません。ちょっと上目遣いにいたずらっぽく笑うあのお顔が、眼の前に浮かんでくるのです。試されているのでしょう、きっと。

百年後のわれはそよかぜ地球儀の南極に風邪の息吹きかけて

『黄金律』みぎりの翼

すこし長いあとがき

私がはじめて塚本邦雄の歌集と出会ったのは、十代後半。西早稲田界隈の古書店で見つけた『言語空間の探検』（學藝書林）のなかに抄録されていた『装飾樂句《カデンツァ》』と、当時出版されたばかりの『青き菊の主題』。私の知っている短歌とはかなり違うきらきらした言葉に惹かれたのですが、当時は詩を書いていたので、まさか自分が短歌を詠むようになるとは思ってもいませんでした。

塚本邦雄その人と実際に出会ったのは、それから十年あまり後の一九八〇年代後半。何か物足りない、焦燥感に満ちた心が、新聞広告に、大阪梅田のカルチャースクールで開かれていた塚本邦雄「定型詩百年の華」という講座を見つけてしまったようです。当時流行っていた教養というアクセサリーが欲しかったわけではないのですが、どこかふわふわとした世相によってこのような講座が開かれていたのは、幸運でした。

キャンセル待ちをして入った講座は朝十時半から十二時半まで。最初の講義の時、神戸の西の端から梅田は思っていたより遠くて、十一階の教室のドアの前にたどり着いた時には、もう十一時。おそるおそるドアを開けると、なんと壇上の人が「ここが空いていますよ」と最前列の真ん

中を指さしてくださったので、しかたなく静かに移動して座ると、

正面に塚本邦雄……。

かなり目立つ、冷や汗のでるような出会いの後、塚本邦雄その人から月一度、短歌への、そうして言葉への情熱のシャワーを浴びるたびに、生き返ったような心地がしました。さらに短歌と俳句の鑑賞方法を、直接教えてもらえる幸せに毎回浸っていたら、熱意を認められたようで、講座の後の、シナモントーストと珈琲のお茶会にも誘っていただけるようになり、参加されている方々との楽しい語らいとともに、いろいろなことを教わりました。

けれど、楽しい日々は永遠には続かないもの。バブルが弾けて、阪神淡路大震災も起こってしまい、カルチャースクール閉校とともに十年余り通った講座も幕を閉じてしまいました。まだ若かった私にさまざまなものをもたらし、育ててくれた時間は、今でも私の記憶の中で琥珀のような輝きを放っています。その時間への感謝をこめて、いつか塚本邦雄の短歌について書いてみたいと思いはじめたのは、亡くなられてしばらくしてから。けれど、存在が大きすぎて、なかなか一歩が踏み出せません。

踏み出すきっかけとなったのは、二〇一〇年七月十日、東北新幹線に乗って、はじめて北上市

の日本現代詩歌文学館を訪れたときに体験した幾つかの出来事。歌会（これが主な目的）の前に、二〇〇九年に塚本邸から運ばれた本棚などの調度品と、その本棚にずらりと並んでいた本や遺愛の品々を、整理途中なのだけれど見せていただけることになり、まず眼に飛び込んできたのは、黒い木彫りの猫。たしかあの猫は、書斎の本棚の上にいたはずなどと、感慨深く見ていたら、その下の段ボール箱にきらりと光るものが……。

近づいてみると、かつて塚本先生の背広の襟を常に飾っていたけれど、いつの間にか無くしてしまったと嘆いていらしたピンバッチが……。「セリーヌの亀さん」と私がひそかに名づけていたピンバッチが、白緑のガムテープで補強された箱の外側に刺さっていました。私にとっては十年ぶりの感動的な出会い。トレードマークだったピンバッチを見て、あの頃の短歌との濃密な時間を思い出し、懐かしさで胸がいっぱいになりました。

次の日の朝、散歩の途中で北上川の水辺まで下りて、深い緑の林を見上げていると、いつの間にか「ゆきたくて誰もゆけない夏の野のソーダ・ファウンテンにあるレダの靴」という、塚本邦雄の歌を口遊んでいました。「レダの靴」を履けば、何処にでも自由気ままに歩いてゆけるよと、北上川のゆたかな流れに背中を押されたのかもしれません。この散歩が終わる頃には、本文を書き始める前なのに「レダの靴を履いて」と題名が、決まってしまいました。

ちょうどそのころ、たまたま知り合いがブログを開設していて気が向いたときに塚本邦雄の一首鑑賞を書かせてもらうことになり、月二回くらいアップしました。二〇一〇年七月からはじめて、八ヵ月後に東北で地震が起こり、ブログも自分の管理するものに引っ越したりといろいろありましたが、知らないうちに月日はたち、二〇一二年六月二十五日まで、ほぼ二年間書き続けたことになります。五十首を越えたあたりから一冊の本にしたいと思い始めて、いろいろと忙しくなり、気にはなっていたのだけれど、そのままになっていました。

ふと二〇二〇年は、塚本邦雄生誕百年にあたると気づき、せめてそれまでには本にしたいと思いはじめたのが二〇一七年の秋。手を入れなければならない箇所が多かったので、時間はかかったのですが、まとめはじめると、講座を受講しはじめた頃の楽しさがよみがえってきて、いつまでも手を入れていたい気分になってしまいました。

読みやすさを考えて、最終的には塚本の歌や文章以外は、引用も含め、新字体にしました。思い出のたっぷり詰まった本は幸せを運んできてくれるらしく、今回は、二十代の私の心のよりどころだったなつかしい場所「ラ・メール」の創刊号からの会員だった田島安江様にお世話になることになりました。いろいろとご助力ありがとうございます。表紙の可愛いイラストは杉本さなえ様。素敵な本になりそうでわくわくしています。

掲出歌底本は、ゆまに書房刊『塚本邦雄全集』。塚本邦雄の著作権継承者であり、私の所属する「玲瓏」発行人塚本青史様に、深謝いたします。

最後にこの本を手にとってくださったすべての方に、感謝をこめて、ありがとうございます。二〇二〇年には、共著『塚本邦雄論集』が出版されます。さらに詳しく塚本邦雄を知りたい方は、探してみてくださると幸いです。

二〇一九年（令和元年）五月十九日　晴れ　満月の日に

■塚本邦雄（つかもと　くにお）略歴

一九二〇（大正九）年八月七日、滋賀県生まれ
一九三八年　滋賀県立神崎商業卒
一九四三年　「木槿」入会、「青樫」同人
一九四七年　「日本歌人」の前川佐美雄に師事。
一九四九年　杉原一司と「メトード」を創刊、新しい短歌を目指した。
一九五一年　第一歌集『水葬物語』メトード社
一九六〇年　同人誌「極」を岡井隆、寺山修司、春日井健、山中智恵子、安永蕗子らと創刊
一九八五年　歌誌「玲瓏」主宰となる
一九八六年　『詩歌變』にて第二回詩歌文学館賞受賞
一九八九年　『不變律』にて第二十三回迢空賞受賞
一九九一年　『黄金律』にて第三回齋藤茂吉短歌文学賞
一九九三年　『魔王』にて　第十六回現代短歌大賞受賞
一九九八年　『塚本邦雄全集』が「ゆまに書房」から刊行、二〇〇一年に刊行終了
二〇〇五年　六月九日逝去
歌集、評論、小説、アンソロジーなど、著書約三百冊

■文庫版や上製本からリニューアルされたリーズナブルな塚本邦雄の著作など

＊お勧め

歌集

＊文庫版　塚本邦雄全歌集、全八巻　短歌研究社
＊塚本邦雄歌集　短歌研究文庫16　短歌研究社
＊塚本邦雄歌集　現代歌人文庫　国文社

評論、鑑賞、随筆など

＊清唱千首　冨山房　古典和歌に強くなりたい人へ
＊麒麟騎手　沖積舎　寺山修司との往復書簡
＊定家百首・雪月花（抄）　講談社文芸文庫
＊百句燦燦　講談社文芸文庫　俳句鑑賞
王朝百首　講談社文芸文庫
ほろにが菜時記　ウェッジ選書
西行百首　講談社文芸文庫
花月五百年　講談社文芸文庫

秀吟百趣　講談社文芸文庫
珠玉百歌仙　講談社文芸文庫
新撰　小倉百人一首　講談社文芸文庫
＊詞華美術館　講談社文芸文庫　詩歌の魅力を堪能できる
百花遊歴　講談社文芸文庫
＊新古今の惑星群　講談社文芸文庫　「新古今和歌集」が楽しめる

塚本邦雄関連著作　鑑賞本など

塚本邦雄論集　磯田光一編　審美社
探検百首　塚本邦雄の美的宇宙　北嶋廣敏　而立書房
鑑賞　現代短歌　七　塚本邦雄　坂井修一　本阿弥書店
塚本邦雄を考える　岩田正　本阿弥書店
塚本邦雄の青春　楠見朋彦　ウェッジ文庫
コレクション日本歌人選〇一九　塚本邦雄　島内景二　笠間書院
わが父塚本邦雄　塚本青史　白水社
塚本邦雄の宇宙Ⅰ・Ⅱ　菱川善夫　短歌研究社
塚本邦雄論集　共著　短歌研究社

■塚本邦雄序数歌集一覧　＊小歌集・限定版等は除外

第一歌集	水葬物語	一九五一年	メトード社
第二歌集	裝飾樂句	一九五六年	作品社
第三歌集	日本人靈歌	一九五八年	四季書房
第四歌集	水銀傳說	一九六一年	白玉書房
第五歌集	綠色研究	一九六五年	白玉書房
第六歌集	感幻樂	一九六九年	白玉書房
第七歌集	星餐圖	一九七一年	人文書院
第八歌集	蒼鬱境	一九七二年	湯川書房
第九歌集	青き菊の主題	一九七三年	人文書院
第十歌集	されど遊星	一九七五年	人文書院
第十一歌集	閑雅空間	一九七七年	湯川書房
第十二歌集	天變の書	一九七九年	書肆季節社
第十三歌集	歌人	一九八二年	花曜社
第十四歌集	豹變	一九八四年	花曜社
第十五歌集	詩歌變	一九八六年	不識書院
第十六歌集	不變律	一九八八年	花曜社
第十七歌集	波瀾	一九八九年	花曜社
第十八歌集	黃金律	一九九一年	花曜社
第十九歌集	魔王	一九九三年	書肆季節社
第二十歌集	獻身	一九九四年	湯川書房
第二十一歌集	風雅默示錄	一九九六年	玲瓏館
第二十二歌集	汨羅變	一九九七年	短歌研究社
第二十三歌集	詩魂玲瓏	一九九八年	柊書房
第二十四歌集	約翰傳僞書	二〇〇一年	短歌研究社

■尾崎まゆみ（おざき　まゆみ）略歴

一九五五年愛媛県今治市生まれ。

一九七七年早稲田大学教育学部国語国文学科卒業。

一九八七年塚本邦雄と出会い師事、「玲瓏」入会。

一九九一年「微熱海域」三十首により第三十四回短歌研究新人賞受賞。


現在「玲瓏」撰者、編集委員。「神戸新聞文芸短歌」選者、伊丹歌壇選者。

神戸新聞文化センター、ＮＨＫ神戸文化センター、ＮＨＫ梅田文化センターなどの講師。

日本文藝家協会、現代歌人協会会員。

歌集

『微熱海域』（一九九三年書肆季節社）
『酸っぱい月』（一九九八年砂子屋書房）
『真珠鎖骨』（二〇〇三年短歌研究社）
『時の孔雀』（二〇〇八年角川書店）

『明媚な闇』（二〇〇九年短歌研究社）日本歌人クラブ近畿ブロック優良歌集賞
『奇麗な指』（二〇一三年砂子屋書房）
『ゴダールの悪夢』（二〇二二年書肆侃侃房）

セレクション歌人一二『尾崎まゆみ集』（二〇〇四年邑書林）
共著『山中智恵子論集』（二〇一三年現代短歌を読む会編）
共著『葛原妙子論集』（二〇一五年現代短歌を読む会編）
『尾崎まゆみ歌集』現代短歌文庫一三二（二〇一七年砂子屋書房）
『文庫版塚本邦雄全歌集第二巻』（二〇一七年短歌研究社）にエッセイ執筆
共著『塚本邦雄論集』（二〇二〇年短歌研究社）

レダの靴を履いて　塚本邦雄の歌と歩く

二〇一九年八月七日　第一刷発行
二〇二三年六月九日　第二刷発行

著　者　尾崎 まゆみ
発行者　田島 安江
発行所　株式会社 書肆侃侃房（しょしかんかんぼう）
〒八一〇-〇〇四一
福岡市中央区大名二-八-一八-五〇一
TEL　〇九二-七三五-二八〇二
FAX　〇九二-七三五-二七九二
http://www.kankanbou.com
info@kankanbou.com

装画　杉本 さなえ
装幀　成原 亜美
DTP　書肆侃侃房
印刷・製本　大村印刷株式会社

ISBN978-4-86385-374-4　C0095